昭和15年ごろ、南シナ海における「鳥海」。当時、同方面にいたイギリス艦上より望遠レンズによって撮影されたものと思われる。大きな上部構造物で象徴される「高雄」型重巡洋艦の特徴がよく分かる。このとき「鳥海」は第2遣支艦隊兼第15戦隊旗艦で、司令長官の高須四郎中将が座乗していた。

(上)昭和6年4月、三菱長崎造船所で進水を迎えた「鳥海」。「高雄」型重巡の3番艦として起工された昭和3年3月から、3年がたっていた。(下)昭和13年6月、横須賀で撮影された「鳥海」の艦橋部分。

NF文庫
ノンフィクション

新装版
重巡「鳥海」奮戦記
武運長久艦の生涯

諏訪繁治

潮書房光人新社

炎天下の南海を行く第8艦隊旗艦「鳥海」。司令長官三川軍一中将の将旗が翻っている

昭和17年8月8日深夜に生起した、第一次ソロモン海戦時の重巡「鳥海」

シンガポールのセレター軍港にて、偵察任務から帰投した九四式水偵をクレーンで収容する「鳥海」

昭和17年2月、占領直後のセレター軍港に停泊するマレー部隊(第1南遣艦隊)旗艦「鳥海」

「鳥海」の前甲板から、その主砲塔と艦橋構造物を仰いだ光景――セレター軍港に入泊中のもの

ガダルカナル方面で作戦中の「鳥海」。本艦がラバウルに進出した8日後の昭和17年8月7日、米軍はガ島に上陸した

第６戦隊司令官五藤存知少将

第８艦隊司令長官三川軍一中将

練習巡洋艦「香椎」艦上の小沢治三郎中将

第２艦隊司令長官栗田健男中将

「鳥海」艦長早川幹夫大佐

２列目右から２人目は、宇垣纏大佐、１人おいて小沢治三郎大佐。前列中央は近藤信竹少将

第一次ソロモン海戦で「鳥海」の探照灯に照らしだされた、沈みつつある米重巡クインシー

沈没直前の豪重巡キャンベラ。第一次ソロモン海戦で「鳥海」が発射した魚雷2本などを受けた

昭和19年10月、ブルネイに停泊する第4戦隊――右から重巡「鳥海」「高雄」「愛宕」

レイテ湾をめざす栗田艦隊主力。手前に第1戦隊の戦艦群、その前方は第4、5戦隊の重巡群

昭和19年10月25日、サマール島沖で栗田艦隊の猛砲撃を受ける米護衛空母ガンビア・ベイ

上写真と同日に特攻機が命中し、爆煙を吹き上げて沈没寸前の米護衛空母セント・ロー

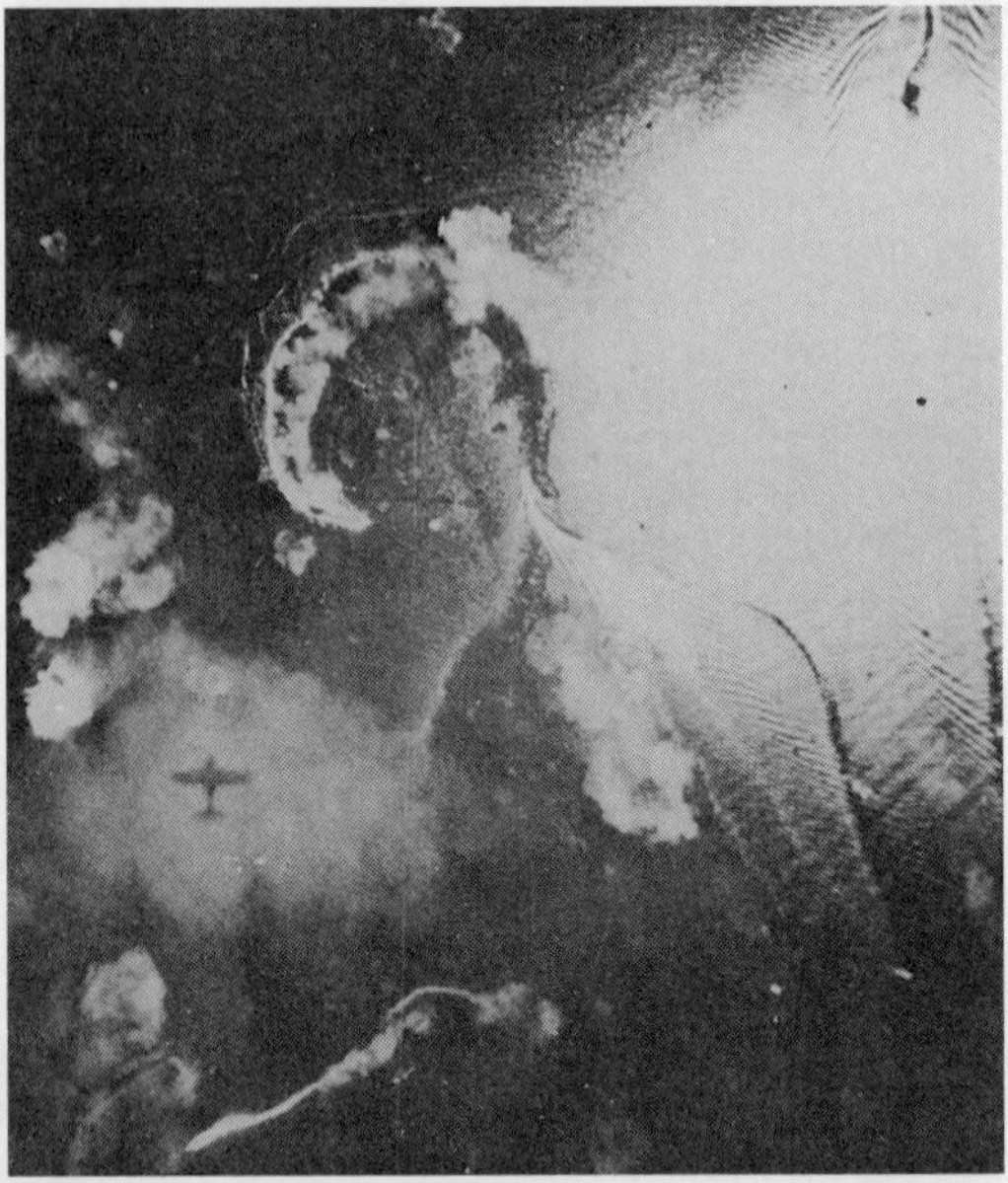

左に回頭して爆撃を回避する戦艦「大和」。昭和19年10月24日、米軍第3次攻撃時の写真。左下の雲に米軍機の影がうつっている

写真提供／雑誌「丸」編集部、米国立公文書館

10月24日、米空母機の空襲終了後、シブヤン海を航行する栗田艦隊第1部隊。左から重巡「羽黒」「鳥海」、駆逐艦、戦艦「大和」「長門」、駆逐艦の順に航行している

重巡「鳥海」奮戦記——目次

第一部 マレー攻略戦の凱歌

第二部　ソロモンの死闘

第三部 レイテ湾の落陽

重巡「鳥海」奮戦記

武運長久艦の生涯

プロローグ

　左舷で魚雷が発射された。艦体が横に震える。魚雷発射管は艦中央の上甲板上に、連装二基が両舷側に装着されている。激しい音をたてて飛びだした魚雷は海中に潜り、四条の尾を海面に引きながら目標めがけ疾走してゆく。艦が回頭したのであろうか、今度は右舷側でも魚雷発射音がする。

　まだ、敵艦船は我が重巡戦隊の夜襲に気がつかないとみえ、なんらかの反応も示していない。

　そのとき、吊光照明弾が落とされたあたりの海上に、真紅の火焔が広がった。闇の夜空と海面に、大きな火のかたまりが映える。敵艦が炎上したのだ。肉眼でも、艦橋やマストが認められた。

　戦艦とも、重巡とも見える火焔につつまれた大艦は、憑《つ》かれたように疾走をはじめた。とみえて間もなく、巨大な水柱を高く噴き上げて、艦体を没してしまった。

る。海上を照らしだす着水照明炬によるものであろうか。艦影のいくつかが浮かびだされてい

旗旒《きりゅう》甲板でも、内火艇の繋留甲板でも、艦橋下の舷側でも、そして格納庫甲板にも、五〜一〇人の見物集団が観戦している。そのほとんどが無言である。息をひそめている、といった感じである。

「鳥海一号機よ、どうか無事に帰還してくれ」

「鳥海」一号機が担った照明作戦を、事前に知っている飛行科員だけでなく、魚雷戦を目撃した多くの乗員が、そのように考え、そう祈った。

魚雷戦につづいて、二〇センチ連装主砲による一斉射撃である。砲塔は前部が三つ、後部が二つだから、一斉射で砲弾一〇発が飛びだす。

雷撃の震動はずしりと腹にこたえるのに対し、砲撃のそれはまず頭に響き、次いで全身を揺すり、最後に足もとを崩す。それが一瞬のうちに、全乗員の体中を駆けめぐる。

「鳥海」につづいて、第六戦隊以下の七艦が雷撃と砲撃をくりかえしたり、砲雷同時戦を展開する。耳が聞こえなくなり、五感が麻痺する。

距離は五〜六〇〇〇メートルであろうか。あるいは、もっと遠いのかもしれない。紅蓮《ぐれん》の火焔につつまれた敵艦の数が、二つから三つ、四つにふえていく。

射出機上の水上機も燃えている。艦橋が崩れ、砲塔が燃え、艦体が裂ける。たちまちにして停止する艦、猛火を負って急進する艦、それらの前後左右に立ちのぼる大、小とりどりの

水柱などが、パノラマの絵を見るように展開する。夜襲部隊からみれば、これは砲雷撃の訓練のようであった。

「鳥海」は昭和三年三月二十六日、三菱長崎造船所で起工いらい十六年七ヵ月、同六年四月五日に進水いらい十三年六ヵ月、同七年六月三十日に就役いらい十二年四ヵ月で、艦首に菊の紋章をもつ軍艦としての輝かしい生涯を閉じた。

日本海軍は戦艦一〇、重巡一八、軽巡二〇隻をもって戦争にはいり、開戦後、重巡はそのままだったが、戦艦は二隻、軽巡は五隻ふえた。航空母艦は正規空母六隻で戦争にはいり、開戦後の竣工をふくめ正規一〇、軽空母七、特設空母七隻、計二四隻で太平洋戦争を戦った。

これらの大艦隊のなかで重巡洋艦はもとより、主砲と排水量の大小、建造の新旧を問わず、あらゆる艦種の軍艦をつうじ、「鳥海」ほど水上戦闘艦としての晴れの舞台に恵まれ、千載青史にのこる数多くの戦果をあげ、しかも丈夫で長持ちした武運長久の艦は、他に例をみない。

「鳥海」は生涯に保科善四郎、小沢治三郎、三川軍一、早川幹男らの名提督を艦長として、また長官として輩出し、枚挙にいとまなき数のすぐれた士官と有能な下士官兵を海軍各部隊に送りだした。そして、死出の旅につくレイテ沖海戦以前に退艦し、生命を永らえた元「鳥海」乗組員たちは、戦後、日本社会の再建と発展に限りない貢献をしており、今なお活躍しつづけている。

これら日のあたる事象の陰にかくれがちであるが、「鳥海」は日本と日本海軍、そして連合艦隊のあらゆる艦艇のなかにあって、もっともコスト・パフォーマンス（投下資本対効率）および経済対戦果効率の高い艦として特筆に値する存在なのである。

第一部　マレー攻略戦の凱歌

南遣艦隊旗艦

昭和十六年十一月二十六日、一等巡洋艦「鳥海」は、海南島《ハイナン》の三亜《サンア》湾に入港した。呉軍港を出たのは二十日だから、ちょうど一週間目にあたる。翌二十七日、「鳥海」は南遣艦隊旗艦になり、小沢治三郎中将が司令長官、沢田虎夫少将が参謀長に任ぜられた。

この月七日、連合艦隊司令部は第一開戦準備を発令し、Y日、つまり開戦日を十二月八日にすると指示している。各部隊は、あらかじめ示されている第一期作戦兵力部署にしたがって、待機点に進出した。

海軍南方部隊のうち、マレー半島およびフランス領インドシナ南部を作戦海域とし、当面は陸軍のマレー上陸部隊輸送船団の護衛に任ずる小沢中将指揮下のマレー部隊の待機点が、海南島の三亜湾であった。

「鳥海」は昭和十四年十一月以降、第二遣支艦隊に編入され、同十五年一月末から四月末にかけて海南島の掃討作戦に従事しており、同島はすでに日本軍の制圧下にあった。

ここで南方作戦を規定する東京協定と岩国協定について、簡単にふれておこう。この年十一月五日に指示された陸海軍中央協定にもとづき、同八日から十日まで陸軍大学校において、海軍側から連合艦隊、第二艦隊各司令長官、陸軍側から南方軍総司令官の陸海軍最高指揮官が集まり、作戦協定が打ちあわされ、十日に調印された。

この協議には、陸海軍統帥部スタッフが立ちあい、南方作戦関係の各軍や各艦隊の幕僚も参加した。

これが東京協定であり、この協定には、(1)連合艦隊司令長官と南方軍総司令官との協定、(2)海軍南方部隊指揮官と南方軍総司令官との協定——の二つがあった。

これをうけ、海陸軍主務者による比島、蘭印方面作戦に関する協定、いわゆる岩国協定が結ばれた。海軍の近藤信竹南方部隊指揮官は、これをうけて十一月十五日、およそ次のような機密南方部隊命令第一号を発令した。

一、南方部隊は陸軍と協同して、すみやかに在極東方面米・英・蘭軍の艦艇、航空兵力を撃滅し、比島、英領マレー、ビルマ、蘭印における各根拠地を覆滅し、同方面要域を攻略、米本国艦隊その他の来攻にたいする邀撃《ようげき》態勢をととのえる。

二、作戦方針

(1)陸軍南方軍と協同して、まず比島、英領のマレー、ボルネオ方面の敵兵力を撃破し、比島南部およびマレーの両方面から蘭印に進攻、これを平定する。
(2)作戦は、おおむね三期にわけて遂行する。
三、作戦要領（英領マレー関係のみ抜粋）
(1)開戦後、なるべくすみやかな時期に、英領ボルネオ攻略部隊を護衛し、まずミリ、ついでクチンを攻略、航空基地を急速整備して、海軍航空部隊の一部を進出させ、対マレー、蘭印航空戦を強化する。
(2)マレー方面海上作戦が一段落したのち、同方面の海軍部隊をミリ、クチンの基地に転出させ、対蘭印航空戦に参加させる。
(3)シンガポール攻略後、マラッカ海峡を制圧するにいたったら、陸軍第二十五軍の一部を適時マレー半島西岸方面からメダン付近に揚陸し、まずスマトラ北方要域を、ついでサバン島を占領する。

これらの協定にもとづく海軍南方部隊の第一期兵力部署は、次のとおりである。
南方部隊指揮官＝第二艦隊司令長官・近藤信竹中将（参謀長・白石萬隆少将）
(1)比島および南シナ海方面（南方部隊本隊）
主隊＝第四戦隊第一小隊（愛宕・高雄）、「金剛」（第三戦隊四番艦）、駆逐艦六隻（第四駆逐隊、第六駆逐隊第二小隊）＝全作戦支援（香港攻略作戦協力）
東方支援隊＝「榛名」（第三戦隊三番艦）、「摩耶」（第四戦隊三番艦）と駆逐艦二隻

（第六駆逐隊第一小隊）＝比島東方作戦支援、指揮官＝先任艦長の「榛名」艦長・高間完大佐
(2)比島、ついで蘭印方面
比島部隊→蘭印部隊指揮官＝第三艦隊司令長官・高橋伊望中将（参謀長・中村俊久少将）
(3)仏印南部およびマレー方面
マレー部隊指揮官＝南遣艦隊司令長官・小沢治三郎中将（参謀長・沢田虎夫少将）
南遣艦隊旗艦「鳥海」（第四戦隊四番艦）、第七戦隊（最上、三隈、熊野、鈴谷）、第三水雷戦隊（川内ほか四つの駆逐隊）、第四潜水戦隊と第六潜水戦隊の一潜水隊、第十七戦隊第二小隊、第十二航空戦隊（途中で比島作戦に復帰、特設水上機母艦神川丸、山陽丸）、第二十三航空戦隊の一部（戦闘機三六、陸偵六機）、特別陸戦隊一大隊
第二十二航空戦隊を基幹とする部隊＝水上艦艇の大部分は海南島三亜、潜水艦はシンガポール方面、航空兵力は仏印南部（元山、美幌各航空隊）、山田部隊と駆逐隊
(4)航空部隊指揮官＝第十一航空艦隊司令長官・塚原二四三中将
第十一航空艦隊（第二十二航空戦隊、第二十三航空戦隊の一部欠）、第一〇〇一部隊
(5)潜水部隊指揮官＝第五潜水戦隊司令官・醍醐忠重少将
第五潜水戦隊、第六潜水戦隊（潜水隊一隊欠）
兵力部署の第二期兵力は、本隊、航空・潜水部隊は第一期とおなじだが、マレー部隊だけ

は第一期の兵力に第五水雷戦隊、第四航空戦隊（第二連隊欠）が補充された。
第三期作戦の兵力は、航空部隊だけは第一期とおなじだが、他は次のようになる。
本隊＝第四戦隊三艦（旗艦愛宕、高雄、摩耶）、第三戦隊第二小隊（金剛、榛名）、第四航空戦隊（第二連隊欠）、第四、第二十四駆逐隊
マレー部隊＝旗艦「鳥海」、第七戦隊、第三水雷戦隊、第二十二航空戦隊、第二十三航空戦隊の一部、特別陸戦隊一大隊
潜水部隊＝指揮官第四潜水戦隊司令官・吉富説三少将、兵力は第四、第五、第六の三潜水戦隊
マレー部隊の主要任務は、当面の陸軍マレー上陸部隊輸送船団の護衛と上陸支援のほか、陸軍部隊の南部タイ揚陸および北ボルネオ攻略作戦支援、英東洋艦隊などの敵艦撃滅、マレー半島での航空戦や、機雷・潜水艦戦指揮である。
マレー方面の敵情、作戦方針と開戦前後の武力行使、兵力部署、作戦要領などを示したマレー部隊命令は、十一月二十日に発令された。

三亜港出撃

この第一期兵力部署によるマレー部隊の総兵力は、重巡五、軽巡二、駆逐艦一六、潜水艦一八、水上機母艦三隻、航空機は戦闘機三六、陸上攻撃機七二、陸上偵察機六、水上偵察機二四機であって、南方部隊では最大の兵力を誇った。このあたりにも、英東洋艦隊などとの対

決も予想されるマレー部隊に対する連合艦隊の力の入れようがわかる。

なお、小沢南遣艦隊司令長官直率部隊には、「鳥海」のほか、練習巡洋艦の「香椎《かしい》」と海防艦の「占守《しむしゅ》」がふくまれている。

「鳥海」は十二月四日、三亜を出撃した。マレー部隊の各艦が、陸軍の大輸送船団を護衛して上陸地点に向かった。「鳥海」以下、マレー部隊各艦乗員が、八日に太平洋戦争の宣戦布告がされることを知らされたのは、この航海中の六日午後八時三十分、開戦の最後通告が駐米、英大使館に発信された直後である。

そして、八日の開戦となる。同日〇一三〇、陸軍部隊はマレー半島のコタバルに上陸しはじめた。「赤城」を旗艦とする南雲機動部隊がハワイの真珠湾を大空襲する、およそ二時間前のことである。

陸軍部隊の上陸は、主として水雷戦隊の支援のもとに順調にすすんだ。長官座乗の「鳥海」はこの日、カモー岬南方海面で輸送船団を間接護衛中、英東洋艦隊の戦艦プリンス・オブ・ウェールズ、レパルスが出動したとの報告に接し、輸送船団から離れ、捜索にあたるとともに、すでに仏印に進出していた元山《げんざん》、美幌《びほろ》航空隊に索敵と攻撃にあたるように下命した。

大本営は十日一六〇五、わが航空部隊による英海軍のプリンス・オブ・ウェールズ、レパルス両戦艦の撃沈を発表した。この日、日本軍はルソン、グアム両島に上陸している。

十一日、「鳥海」などは次期作戦打ちあわせのため、カムラン湾に投錨した。以後、カムラン湾がマレー部隊の前進作戦基地となる。

十三日、「鳥海」はカムラン湾を抜錨して、陸軍の第二次マレー上陸船団の護衛にあたる。

日本軍は、南太平洋の西に東にあいつぎ進撃し、十六日、英領ボルネオ、十八日、香港、二十日、ミンダナオ島にそれぞれ上陸した。

二十日、「鳥海」はカムラン湾到着。在泊は二週間余におよび、この間、乗員の士気高揚と保健のため、短時間の上陸が許可された。近藤中将座乗の「愛宕」以下、南方部隊本隊の各艦も集結、湾内は南方部隊の艦艇や輸送船が多数在泊し、その出入港であわただしい動きをみせていた。

二十五日、香港が陥落した。翌二十六日以降、作戦は新段階に移る。近藤南方部隊指揮官は二十六日、第二期兵力部署転換を発令するとともに、第二期作戦中の各部隊の任務を指示した。

二十七日、マレー部隊に対し、ペナン島に潜水艦基地の設置を命じた。これにともない、二十八日付で第十一潜水基地隊をマレー部隊に編入した。

二十八日、マレー部隊にたいし、十二月三十一日馬公《マコウ》発、一月上旬シンゴラ、サイゴン方面上陸予定の第二十五軍主力、その他の輸送護衛に任ずるよう下令した。あわせて、主隊の行動予定として、一月九日カムラン湾発、馬公に回航補給のうえ、十四日馬公発、十八日パラオに進出、蘭印部隊主力の作戦を支援する、と通告した。

第二期作戦計画の下令は、近藤指揮官がマレー方面作戦の峠は越えた、今後は、これからはじまろうとする蘭印部隊主力方面の支援に重点を指向する、との新方針を示したものである。

一月十一日、日本はオランダに宣戦布告、ただちに日本軍は蘭領東インドに進攻し、ボルネオのタラカン、セレベス島のメナドに上陸している。やがて「鳥海」が前進基地とするニューブリテン島ラバウルを日本軍が攻略したのは二十三日である。

二十九日、南方部隊、マレー部隊各指揮官と陸軍南方軍とでカムラン協定を結んだ。これはバンカ、パレンバン攻略を軸とした南部スマトラ作戦について打ちあわせたもので、実施日を二月六日とするこの協定は、昭和十七年一月一日に正式成立した。

三十日、マレー部隊を一月三日付で、第八駆逐隊（第二小隊欠）をのぞいて蘭印部隊に編入、一月八日香港出発予定の陸軍第三十八師団のアンボン攻略部隊を乗せた輸送船七隻を護衛してダバオに回航するよう指示した。また、第八駆逐隊第二小隊を一月六日付でマレー部隊からのぞき、本隊に復帰するよう令した。

昭和十七年一月一日、小沢マレー部隊指揮官の要請により、三日付で第四航空戦隊（第二連隊欠）を南方部隊本隊からのぞいて、マレー部隊に配属させた。

一月五日、小沢指揮官座乗の「鳥海」以下、マレー部隊各艦はカムラン湾を出撃した。小沢中将は第五水雷戦隊と第三水雷戦隊の半数を基幹とする部隊をもって、第二十五軍主力および第十五軍の一部、合計五〇隻以上におよぶ船団の護衛にあたらせることにした。

両水戦は十二月三十一日、馬公発、一月八日、陸兵の大部をシンゴラに、一部をタイのバンコクに揚陸させた。「鳥海」は間接護衛にあたっていた。第五水戦は作戦終了後の九～十二日にマレー部隊からのぞかれ、蘭印部隊に編入された。

一月九日、「鳥海」はカムラン湾に帰着した。作戦からもどった三水戦の残りの半数は、この間、広東《カントン》に到着、マレー攻略に参加する第十八師団の主力を護衛して一月十日、カムラン湾にはいった。

マレー部隊の次の作戦は、第十八師団のマレー東岸揚陸とアナンバス諸島の占領であった。マレー部隊はこれまでカムラン湾を補給基地とし、サンジャック、プロコンドルを駆逐隊など軽快部隊の前進補給地としてきたが、戦局が順調に進展しているため、アナンバスに前進補給基地を進出させ、作戦の積極化をはかることになった。

一月十一日、マレー部隊と第十八師団の間で、カムラン協定にもとづく細目協定が成立した。ところが十八日、陸軍木庭支隊がエンダウにせまり、第五師団がその西方のゲマスを抜いたので、その必要がなくなり、作戦は取りやめとなった。

そこで第十八師団はシンゴラに揚陸するよう変更になり、三水戦はこの陸軍船団を護衛して二日、カムラン湾を出撃、二十二日、シンゴラに着いた。しかし、その後の航空作戦上、飛行機用の燃料・弾薬をいそいでエンダウに陸揚げすることが必要になり、輸送船二隻がエンダウに急派された。三水戦は、この輸送船隊を護衛してシンゴラを出発し、二十六日午後、エンダウ泊地に進入し、物資の揚陸をはじめた。

この間、敵数十機が飛来したが、陸軍戦闘機隊が反撃して撃退し、わずかな被害だけで作業を続行できた。二十七日〇四三〇ごろ、泊地に敵駆逐艦二隻が侵入してきたが、三水戦の反撃により一隻が沈没、一隻は損傷して避退した。

マレー部隊のマレー方面陸軍揚陸任務は、エンダウ作戦をもって終了した。このことは南方部隊が策定した第一、第二期作戦が、マレー部隊については達成されたことを意味する。

この情勢をうけて、近藤南方部隊指揮官は一月三十日ごろ、蘭印方面を指向した第三期の作戦方針を、マレー部隊など麾下各部隊に示した。すでに機動部隊が同地域に投入されることが内定していたので、これを折りこんでいる。

第三期作戦は、二月下旬を期してジャワ攻略作戦を実施し、この地域に展開する敵連合軍の最後の拠点を壊滅することを狙っている。このため、
(1)二月上旬を期し、航空部隊をもってバリクパパン、ケンダリーから東部ジャワにかけての航空撃滅戦を実施する
(2)西部蘭印方面は二月十日ごろ、マレー部隊と陸軍第十六軍をもってバンカ、パレンバンを攻略する。以後すみやかに西部ボルネオ、南部マレーおよびパレンバン方面にマレー部隊の航空部隊を展開し、陸軍航空部隊と協力して、西部ジャワにたいする航空撃滅戦を開始する
(3)ジャワ上陸に呼応して機動部隊主力、南方部隊本隊および第二潜水戦隊はジャワ南方海面に進出し、敵軍の退路遮断などの作戦を実施、この作戦には航空部隊も策応する——などを、主な骨子としている。
この作戦方針にそって、小沢マレー部隊指揮官は、基地航空部隊を西部ボルネオに進出さ

せ、シンガポールの退路遮断をかねて、南部スマトラ、西部ジャワ方面に航空戦を展開して敵を制圧する。そして、ジャワ海方面にまで索敵範囲を拡大してから、陸軍と協力して攻略することになった。

このため、クチン飛行場の整備をいそぐ一方、占領したレド飛行場にたいして基地物件を輸送した。しかし、レドは海岸から遠いうえ、道路や橋が徹底的に破壊されていて、燃料・弾薬の輸送が困難なだけでなく、飛行場の条件も悪く、南部スマトラ（L《エル》）作戦には間にあわないことがわかった。

スマトラ攻略作戦

一月二十一〜二十三日のマニラ会議で、南部スマトラ攻略作戦方針を決めたカムラン協定の実施日を、海軍側の申しいれで四日繰りさげ、二月十日に延期した。

これにもとづき第一南遣艦隊司令長官、第十六軍司令官、第三飛行集団長の間でL作戦航空協定、また同司令長官と第三十八師団長の間にL作戦協定が成立した。

L作戦協定による陸海軍兵力は、次のとおりである。

一、陸軍＝第三十八師団

(1)先遣隊＝歩兵二大隊、砲兵二中隊基幹、輸送船八隻。ムントク上陸部隊＝歩兵半大隊基幹。パレンバン遡江部隊＝歩兵一大隊半、砲兵二中隊基幹

(2)主力＝歩兵二大隊、砲兵一大隊基幹、輸送船一四隻

二、海軍

(1)先遣隊護衛兵力＝三水戦主力（旗艦川内、駆逐艦四隻）、掃海艇、駆潜艇各若干
(2)主力護衛兵力＝軽巡「由良」、海防艦「占守」、三水戦の駆逐艦四隻、その他小艦艇
(3)支援水上兵力＝マレー部隊水上部隊主力重巡五隻（旗艦鳥海、第七戦隊＝熊野、鈴谷、三隈、最上）、空母一隻（龍驤）、特設水上機母艦二隻（神川丸、相良丸）、駆逐艦六隻など
(4)航空兵力＝二十二航戦全力
(5)パレンバン遡江部隊＝第九根拠地隊主力（特設掃海艇、監視艇、漁船その他）

小沢マレー部隊指揮官は二月一日、カムラン湾において、麾下《きか》部隊にL作戦計画を明らかにした。

作戦目的を、第三十八師団をすみやかにバンカ、パレンバン付近に上陸させ、付近要地を攻略することとし、作戦方針としては、

(1)マレー方面、スマトラ南部、ボルネオ西部およびジャワ西部の敵航空兵力をおおむね制圧した時期に、すみやかに開始する
(2)輸送船隊はカムラン湾に待機、機をみて護衛隊護衛のもとに進発させる――としている。

L作戦の兵力部署は次のとおり。

主隊＝指揮官・第一南遣艦隊司令長官、「鳥海」、第七戦隊、三水戦駆逐艦五隻。全作戦支援

護衛隊＝第一護衛隊指揮官・三水戦司令官、三水戦（駆逐艦八隻欠）、第一掃海隊、第十一駆潜隊（駆潜艇一隻欠）。先遣隊の直接護衛

第二護衛隊指揮官・「由良」艦長、「由良」「占守」、三水戦の駆逐艦二隻、第四十一掃海隊第一小隊、第十一駆潜隊駆潜艇一隻。輸送船隊主力の直接護衛

第一航空部隊＝指揮官・二十二航戦司令官、二十二航戦、鹿屋空（半隊欠）、第八設営班、第九十一警備隊陸警科の一部。敵艦艇・航空兵力撃滅、輸送船隊の護衛と警戒、マレー方面航空基地の整備

第二航空部隊＝指揮官・「神川丸」艦長、「神川丸」「相良丸」「鳥海」水偵二機、第七戦隊水偵八機、第九十一駆潜隊（駆潜特務艇一隻欠）。輸送船の護衛、バンカ、パレンバン泊地警戒、パレンバン遡江作戦協力

第三航空部隊＝指揮官・四航戦司令官、四航戦（旗艦龍驤）、三水戦駆逐艦一隻。敵艦攻撃

根拠地隊その他の部隊と指揮官＝パレンバン遡江部隊（九根司令官）、アナンバス基地部隊（香椎艦長）、シンゴラ基地部隊（永福丸艦長）、ペナン基地部隊（第十一潜水基地隊司令）、潜水部隊（第四潜水戦隊司令官）、その他基地部隊（サイゴン・十一特根司令官、カムラン湾・朝日特務艦長、ボルネオ・横二特司令）

小沢マレー部隊指揮官は二月四日、レド飛行場の使用をあきらめ、クワンタン、クチンに

それぞれ半数ずつ基地航空兵力を進出させる方針をかためた。攻略部隊は同日一九〇〇、カムラン湾を出撃する予定だった。

だが、美幌航空隊のクワンタン進出は六日の予定で、当日はまだ到着していなかったし、三日に予定されていた元山航空隊のクチン進出も、九六式陸攻一二機だけにとどまっていた。しかも、クチン飛行場の状態は悪かった。

小沢中将は時間の余裕がなかったため、みずからの責任においてL作戦実施日の二日間繰りさげを決断し、その旨、麾下部隊に打電した。

その後、第三艦隊の砲術参謀で、陸軍の第十六軍参謀もかねていた若槻竜三中佐を介して陸軍側と協議した。若槻参謀は同日午後、第十六軍参謀とともに南方軍総司令部参謀部に出向き、L作戦の二日延期について協議した。

南方軍総司令部は、小沢マレー部隊指揮官の処置に強い不満を示した。同総司令部は、

「マニラ協定の打ちあわせでは、レド飛行場が使えない場合、マレー方面の飛行場を使って航空作戦を実施するとの申しあわせができているのであるから、レド飛行場が使えないということは、L作戦延期の理由にならない」

と主張し、次のように近藤南方部隊指揮官に打電した。つまり、小沢マレー部隊指揮官の頭越しに、上級司令部である近藤南方部隊指揮官あてに善処を求めたのである。

「一、本日、第十六軍がカムラン湾において第一南遣艦隊と会談したさい、第一南遣艦隊から飛行場の準備ととのわざるため、L作戦を二日間延期の申し出あり。

二、当方としては、今や諸般の準備を完了しあり。また、シンガポール陸上攻撃は七日より開始を予定し、その陥落も切迫しつつある折から、それ以前の戦機をとらえL作戦を決行いたしたきにつき、この実現にご配慮をわずらわしたい」

これにたいし近藤指揮官は、

「一両日の延期は第十六軍と第一南遣艦隊との話し合いに致したく」

と、小沢マレー部隊指揮官の処置を支持する内容の返電をした。南方軍総司令官は、やむをえず大本営陸軍部の了承を求め、五日、L日を二日間延期し、二月十二日とする旨を下令した。

小沢中将の悩みはつづく。この交渉期間中、同中将にとって、もっと大きな問題が発生していた。

一月三十一日のマレー部隊電令により、二月二日に美幌空先発隊がクワンタンに到着したところ、滑走路前方に巨木の森林がそびえ、幅二〇〇メートル、奥行三〇〇メートルにわたって伐木しなければ、陸攻が正規の燃料・爆弾搭載状態では離陸できないことがわかった。うかつにも海軍側は、クワンタン飛行場の下調査を行なっていなかったのである。

先発隊はただちに伐木作業に着手したが、巨木が多いうえに樹質も硬いため、二日間にわずか二〇メートルを伐採したにとどまった。作業終了には、なお数日を必要とした。

一方、クチンのほうは高台上の飛行場であるため拡張は困難で、土質も悪かった。二月五日、クチンに進出した山田隊の零戦二一、陸偵四機は着陸時に、零戦二、陸偵二機、それに空輪に協力した美幌空の陸攻一機が各大破して、搭乗員四人が軽傷を負った。このため、飛行場の補修は七日までかかると報告された。

レド飛行場の使用は困難で、クワンタンは伐木に時日を要し、またクチンも飛行場の状態が悪く、陸攻の展開になお四〜五日を要すると判断した小沢マレー部隊指揮官は、攻略部隊の出撃予定を六日夕刻にひかえた前日の五日、L作戦をさらに四日間延期することを決意した。

　そして、小沢中将は南方軍に対し、

「L作戦打ちあわせのため、参謀長沢田虎夫少将（首席参謀泊大佐随行）を二月六日、サイゴンに派遣する」

という電報を打った。この電報が南方軍総司令部に届いたのは、同軍がL作戦の二日間延期を発令した直後であった。

六日〇八〇〇、小沢マレー部隊指揮官は、麾下部隊に「L日は特令するまで延期す」と発電した。同日午後、第一南遣艦隊の沢田参謀長、泊参謀は、サイゴンの南方軍総司令部において、L作戦の延期について次のように了承を求めた。

「昨五日、陸攻と戦闘機がクチンに着陸したところ、滑走路上の弾痕のため四機が破損した。七日中に修理を完成するとのことだが、確実ではない。一方、レド飛行場は交通路が悪いうえ長遠で、燃料・弾薬の集積も完了しない状態にある。

　また、クワンタンは五日に美幌空の陸攻三六、九六戦九機が進出したが、基地周辺の森林が高く、幅二〇〇メートル、奥行三〇〇メートルの伐木が必要だが、巨木が多く、二日間で二〇メートルを伐採しえたにすぎない。

これではさらに十日もかかることになるが、海軍としては基地整備員まで動員して伐木作業を急ぐから、せめてさらに四日間、合計六日間の延期について承認されたい」

南方軍側は、海軍側の準備不十分な点を難詰した。内容は「マニラ会談の結果、一月二十八日の航空協定では、レドが使えない場合はクワンタン、カハンに海軍機が進出することになっており、海軍側としては同飛行場を十分に調査すべきなのに、今ごろになって木が邪魔になるというのは、準備不足もはなはだしい」との指摘である。

これは正論である。海軍側の手落ちを責められても、やむをえまい。

クワンタンは、レド基地を使う場合でも使用することになっていたのだから、当然、ただちに事前調査すべきであったが、陸軍機が使って支障がなかったというので安心していた。原因は、陸軍機と海軍機との性能差にもあった。

両者の話し合いは、まとまらなかった。南方軍側は、マレー部隊のたびかさなる作戦の延期と準備不足に強い不満をもったものの、現実には海軍が発動しない以上、陸軍単独では作戦を開始できないのである。そこで南方軍側は当面、同日夕刻に出発予定だった第三十八師団輸送船団の出発を七日夕刻に延ばすこととし、レドの状況を確認することになった。

一方、伐木作業のほうは完成が早ければ早いほどいいわけなので、陸軍の第三飛行集団に配属され、カハン付近に集結中だった独立工兵第二十連隊の中隊から、幹部中心に約五〇人を現地に派遣して、伐木作業に協力させることになった。また海軍側は、ダイナマイト約三トンを、サイゴンからクワンタンに急送するよう手配した。

そのころ、連合艦隊司令部は、瀬戸内海の柱島に在泊していた。六日、マレー部隊司令部がクワンタン、クチン、レドなどの基地整備遅延のため、スマトラ上陸作戦を十六日ごろに実施したいと主張しているのに対し、上級の第二艦隊司令部が作戦全般の立場から、犠牲を覚悟のうえで強行するようせまって対立しているとの情報を入手した。

連合艦隊参謀長は中央とも連絡のうえ、あまり急がないほうがよいと第二艦隊参謀長に申し送った。

七日、小沢マレー部隊指揮官は南方軍総司令官に対し、「L作戦をさらに四日延期いたしたい。ただし航空作戦の準備完了しだい、出発する」と、正式に申しいれた。

南方軍総司令部は、連合軍の兵力が日を追って増援されていること、L作戦をシンガポール攻略完了前に決行するのが有利との判断から、作戦の延期には反対だし、マレー部隊にたいしても不満を内包していたが、やむをえず同意した。

L作戦発動

二月七日一九二五、小沢マレー部隊指揮官は、

「七日、総軍と次のとおり決定せり。L日はさらに四日間、延期す。ただし、航空戦の準備できしだい、これを開始す」

と下令した。翌八日、南方部隊司令部は攻略日程を遅らせる協議電報を、南方軍総司令部に打った。南方軍総司令部は、やむをえないとして、これにも同意した。

八日、工兵隊員と整備員により、クワンタン飛行場滑走路前面の樹木爆破作業をはじめた。

この日午後、第一航空部隊指揮官の松永少将は、美幌空陸攻隊にたいし、いったんクワンタンからカハン飛行場に進出のうえ、ジャワを攻撃するよう下令したが、のち取りやめた。

一方、クチンのほうは零戦隊、陸攻隊の準備がととのったので、海軍航空隊は九日を期し、バタビア方面の航空撃滅戦を開始することになった。

これにより、十日の攻略部隊出撃は、一日繰りあげることが可能となった。

九日一四〇〇、小沢マレー部隊指揮官は、

(1)L日を二月十五日と決定す

(2)各部隊、予定の如く行動せよ——と発令した。

九日一九〇〇、第一護衛隊と陸軍先遣隊船団は、カムラン湾を出撃した。

これより先、小沢マレー部隊指揮官は、ここ数日来のバンカ方面の敵水上部隊の動きから、L作戦には有力な敵艦隊と遭遇する公算が大きいと判断した。

そこで、支援水上兵力を強化するため、第二護衛隊の「由良」を主隊にいれ、「香椎」を「由良」にかえて第二護衛隊にまわすことにして、八日、これにともなう兵力部署変更を下令した。

九日夕刻にカムラン湾を出撃したのは、「川内」（三水戦旗艦）、第十一駆逐隊（初雪、白雪、吹雪）、「朝霧」と陸軍輸送船八隻である。この日早朝、陸軍部隊はシンガポール島の上陸に成功し、総攻撃を開始した。

十日一〇〇〇ごろ、第一護衛隊は針路を南南西にとり、アナンバスに向首した。同日一八〇〇、「鳥海」を旗艦とするマレー部隊主隊と第三航空部隊は、予定どおりカムラン湾を出撃した。その兵力は次のとおり。

主隊＝「鳥海」（第一南遣艦隊旗艦）、第七戦隊（熊野、鈴谷、三隈、最上）、「由良」、第十九駆逐隊第一小隊（綾波、磯波）、第十二駆逐隊（白雲）

第三航空部隊＝第四航空戦隊（龍驤）、「敷波」

十一日夕刻、第一護衛隊はアナンバスの北約二〇〇海里に近づいた。主隊と第三航空部隊はそのころ、第一護衛隊の後方約七〇海里まで接近した。日没時、主隊は雷跡二本を認め、空母「龍驤」の艦攻と「由良」「白雲」が攻撃したが、効果は確認できなかった。

同日一八〇〇、「香椎」艦長を指揮官とする第二護衛隊の「占守」、第二十駆逐隊（夕霧、天霧）、第九号駆潜艇は、陸軍の主力を乗せた輸送船一四隻を護衛して、予定どおりカムラン湾を出撃した。

十二日早朝、アナンバスの北北東約一五〇海里において、主隊と第三航空部隊は第一護衛隊に追いついた。飛行偵察により、バンカ海峡北方海面に巡洋艦、砲艦各一隻、輸送船らしきもの数隻が南下中なのを発見した。

小沢マレー部隊指揮官は、敵のシンガポールからの脱出が依然としてつづいているものと判断した。そこで小沢中将は、攻略部隊がバンカ海域到着以前に、主隊、第三航空部隊、第三水雷戦隊の兵力で同海域に進出し、敵の脱出部隊を捕捉、まず航空兵力で攻撃した後、水上兵力による砲雷戦で撃滅することを決意した。

これらの部隊は、二〇〇〇〜二〇三〇から速力を一八ノットに上げて南下し、「鳥海」、第七戦隊二小隊、「龍驤」、第十九駆逐隊はシンケップ島の東方約一三〇海里の地点に、また「川内」「由良」、第十一駆逐隊、第七戦隊一小隊、第十二駆逐隊は同島東方約六〇海里の地点に、それぞれ向かった。

そのころ、第一護衛隊はアナンバス南東に、第二護衛隊はプロコンドル島の東方海面を南下中だった。

十三日〇八〇〇ごろ、敵捕捉のため進出した「鳥海」を旗艦とする部隊は、それぞれの配備点につき、敵艦船の脱出にそなえた。三水戦（川内、由良、第十一駆逐隊、朝霧）は、同日中に次の戦果を報じた。

一四〇三「初雪」「白雪」四〇〇〇トン級英商船一隻撃沈

一四〇四「吹雪」「朝霧」二〇〇〇トン級英特設敷設艦らしいもの一隻撃沈

二二四五「川内」「由良」三〇〇〇トン級特設巡洋艦らしいもの一隻撃沈

この日一八四五、敵機一機、次いで一九四〇に五機が来襲し、「吹雪」「朝霧」を銃爆撃したが、被害はなかった。第七戦隊は火災中の敵商船一隻を認めた以外、敵を発見しなかった。

一七〇〇、三水戦部隊はマレー部隊指揮官の命により、シンガポール南方やバンカ北方の敵にそなえるため、ジャン角東方海面に向け北上した。

十四日〇〇四五、「吹雪」と「朝霧」はヤボン角の東方三〇海里で英商船一隻を撃沈した。三水戦と輸送船団は、昼ごろまでに浮游機雷六コを発見して処分した。味方戦闘機隊は、一〇〇〇ごろから上空直衛をはじめた。

一二三〇ごろに六機、一四五〇ごろに四機の敵機が船団上空に来襲したが、味方戦闘機と対空砲火に撃退されて被害はなく、うち数機は味方戦闘機に撃墜された。

輸送船団は一四〇〇、サヤ島の二〇海里付近に達したところで、バンカ海峡に針路をとった。一六〇〇、第一護衛隊指揮官橋本少将は、次のような珍しい、見方によってはいかにも日本的な命令をくだしている。

「今夜ムントク進入のさい、敵商船は我に危害をくわえざるかぎり攻撃するなかれ。なお、商船攻撃のさいは航行不能におちいらしむるを主眼とし、なるべく沈没せしめざるようつとめよ」

これは十三日以来、攻撃精神にはやりすぎ、反撃能力のほとんどない敵にたいして砲弾を浪費し、しかも砲弾の貫徹力が強く、舷側を貫通するだけで、なかなか沈没しない経験則にもとづいて発令されたものであった。

一八一五ごろ、第一護衛隊の後方約二〇海里を続行中の陸軍「海上トラック」部隊は、一〇〇〇トン級英特設砲艦と遭遇し、砲撃されつつあったが、まもなく後方援護中の「由良」

「吹雪」「朝霧」が来援して、これを撃沈した。海上トラック一隻は火災となり、消火の見込みがないため放棄された。

一九二〇ごろ、船団はスマトラ島のパレンバン北方約七〇海里で敵爆撃機一一機の銃爆撃をうけ、パレンバン遡江作戦の第九根拠地部隊に若干の被害が出た。船団は二一〇〇、「初雪」「吹雪」の周辺警戒、「白雪」の先導でムントク泊地に進入した。

旗艦「鳥海」以下の主隊と第三航空部隊は、前日とほぼ同じ海域を行動中だったが、午後、重爆九機の奇襲をうけたものの、被害はなかった。

夕刻「陸軍挺身隊（落下傘部隊）は本十四日一一二五、パレンバン飛行場と精油所に降下して占領」との報をうけた。

二月十五日〇〇一〇～〇一〇〇、輸送船団は予定どおりムントクに入泊した。第十一駆逐隊の「白雪」は輸送船団を先導して入泊後、泊地南方で一五〇〇トン級武装商船と二〇〇トン級小型商船を拿捕、ムントクに回航して第七駆潜艇に引き渡した。この船からシンガポール付近の海図を押収した。

〇八〇〇、第一掃海隊はケリアン岬沖で英魚雷艇一隻と遭遇して、これを撃沈した。〇八三〇、「白雪」はムントク泊地南方で英魚雷艇を撃沈、同時刻ごろ、「吹雪」は英敷設艦らしいものを追撃して、ウラル角北方に擱座させている。

同日一四〇〇、シンガポールが陥落した。

逸しられた好機

二月十五日未明、南部スマトラ攻略部隊の先遣隊は、バンカ島のムントクに上陸した。また、別の部隊はパレンバンを目ざし、舟艇による遡江を開始した。

同日朝、主隊（旗艦鳥海と第七戦隊第二小隊〈最上、三隈〉、四航戦、第十九駆逐隊）と第七戦隊第一小隊（熊野、鈴谷）は、攻略部隊主力の陸軍第三十八師団を乗せた輸送船団を護衛して、ムントクの東北東約一〇〇海里、バンカ北方海域を行動中だった。

一〇〇〇、「鳥海」水偵から、〇九三八発で「敵巡三、駆逐艦五隻、ガスパル海峡を北上中」、〇九五〇発で「敵は駆逐艦六隻の直衛を配し、戦艦一隻をともなうもののごとし」、つづいて「龍驤」の艦上機から、敵艦隊の位置、速力が報告された。

一〇〇〇における敵の正確な位置は、主隊の一四五度、約一六〇海里の距離だった。天候半晴、風向北一〇メートル、視界五〇キロメートルで、攻撃には絶好の条件だった。

小沢マレー部隊指揮官は、

(1)敵は我がL作戦部隊攻撃のため、有力部隊を集めて北上してきたもよう

(2)L作戦前のバタビア方面偵察や「鳥海」機の報告により、敵部隊には戦艦をふくむこと確実である

——との情勢判断のもと、航空兵力をもって触接を保ちながら敵の動静を捕捉し、まず航空部隊をもって攻撃したのち、好機に水上部隊を突入させて撃滅する、という二段構えの戦策をたてた。

小沢指揮官は一〇三五に反転、針路を南東とした。主隊を集結して接敵運動をはじめるとともに、同時刻付で、主隊にたいし「一二〇〇以後、二八ノット即時待機、最大戦速一五分待機となせ」、二十二航戦にたいし「陸攻全力をもって攻撃準備をなせ」を発令した。

つづいて一〇四五、第一、第三航空部隊あてに「反復、敵を攻撃せよ」、また第二航空部隊に対し「敵艦隊に触接せよ」と命じた。

主隊は針路おおむね南東、速力一四ノットで航進している。一一〇〇すぎ、「鳥海」機から「敵主力の位置、ベリカト角の五〇度、二五海里」と報告された。敵の位置は、主隊の一四〇度、一一五海里である。

そのころ、第二護衛隊指揮官の小島秀雄大佐から、「第二護衛隊の一〇〇〇の位置、北緯〇度三七分、東経一〇六度一六分、このままなら十六日一一〇〇ごろ、ムシ河口着の予定」との入電があった。

同護衛隊の入泊予定は、十七日午前零時ごろだった。しかし、現在位置は主隊の北東四五海里である。

敵艦隊との決戦を前にして、第二護衛隊と船団をこのまま航進させるのは危険と判断した小沢中将は、一一二五、「第二護衛隊は一時、北方に避退せよ」と命じ、同護衛隊は一一三五に反転、針路〇度で避退を開始した。

一一三〇、二十二航戦の陸攻から、「敵主力部隊は戦艦一、巡洋艦三隻を基幹とし、駆逐艦八隻をともない、針路三〇〇度、速力一八ノット、一一〇〇」と報告があった。次いで四航戦機から「敵主力の中には戦艦あり、一一二〇」と報告された。

一一五五、二十二航戦司令官の松永少将から、「攻撃隊発進す、一一三〇」の報をうけた。

その後、「鳥海」水偵から「敵は北から駆逐艦五、巡洋艦三隻、斉動針路二七〇度、速力二〇ノット、一一三七」、四航戦機から「敵巡二、駆逐艦一隻見ゆ、ツイン角の九〇度、五八海里、針路〇度、速力一四ノット、一一五五」「敵の位置、ガスパル島の二度、二二海里と訂正す、一二一五」とあいついで入電があった。

主隊は依然として速力一四ノットで近接運動をつづけていた。小沢マレー部隊指揮官は、これまでの情報を分析した結果、一二四〇現在における敵情判断として、「敵主力は戦艦一、巡洋艦三、駆逐艦八隻、位置、北緯二度、東経一〇六度七分、針路三五〇度」と、麾下部隊に伝えた。

報告は、その後もつづいた。

「鳥海」水偵から「敵主力の位置、ツイン角の一〇五度、五五海里、針路三一〇度、速力一四ノット、一二五〇」「さらに戦艦二隻を追加す、一三一五」

四航戦司令官から「敵の兵力、大巡五、駆逐艦八隻、針路三一〇度、速力一四ノット、一三〇〇」

「熊野」水偵から「敵主力ベリカト角の〇度四五海里、針路三一〇度、速力一八ノット、一三〇〇」

すでに敵艦隊を発見後、三時間あまりが経過していた。しかし、いまだ味方航空部隊の攻撃は実施されていなかった。

小沢マレー部隊指揮官は、このまま南東に進めば、戦艦をふくむ我が方より優勢な敵艦隊と真正面からぶつかる公算大と判断した。

一三二八、小沢指揮官は敵の方向とは直角の北東に変針するとともに、
(1)「川内」「由良」、第十一駆逐隊、「朝霧」は主隊と合同せよ
(2)主隊はジャン角北東海面を行動
(3)第一護衛隊はムシ河口内に入泊せよ——と下令した。
「川内」「由良」以下は一五〇〇ごろ、集結しながらバンカ海峡北口から北上した。また、船団も一五〇〇に抜錨して、ムシ河口に向かった。

一三五〇、「鳥海」以下の主隊は針路をほとんど北とし、敵から遠ざかるようになった。しばらくすると、空対艦戦の戦況が入電した。「三隈」水偵からの「一三三五、我が爆撃により、大巡一隻、黒煙をあげつつあり。隊形支離滅裂」との第一報があった。これは四航戦の艦攻七機が、はじめて敵艦隊を爆撃したものであった。

一四〇六、小沢指揮官は主隊にたいし、「二四ノット即時、最大戦速三〇分待機となせ」と、機関待機を緩和した。

一四三〇、針路を北北西に転じ、敵とおおむね六五海里の距離を保つよう運動をつづけた。

その直後、味方機から敵艦隊の反転を、次のように伝えてきた。

「鈴谷」水偵「敵は反転す。一四一七」

四航戦機「敵主力反転す。針路一二〇、速力二四ノット、一四二〇」

「最上」水偵「敵は面舵に変針す。一四三〇」

二十二航戦機「一四〇五、敵主力を爆撃す。命中せず。一四三〇」

味方の航空攻撃がまだたいした戦果をあげないうちに、敵艦隊は反転して退却をはじめたのだ。

一四五〇、主隊は針路を〇度とし、一五〇〇、北東に戻した。一五一三には南東に向けたが、速力は低速を維持した。なおも、航空情報がつづいた。

「熊野」水偵「敵反転す。針路一四五度、敵戦艦なし、戦艦はホーキンス型巡洋艦の誤り確実、一五一五」

四航戦司令官「戦艦はホーキンス型巡洋艦の誤り、一五五〇」「触接機の確認せる報告により、敵兵力に関する報告中、次のとおり改む。巡洋艦七（エメラルド型三、ダナエ型二、ホーキンス型二）、駆逐艦五隻、戦艦なし、一六〇〇」

小沢マレー部隊指揮官は、これらの情報にもかかわらず、敵中に戦艦ありとの判断をくずさなかった。

一六〇〇ごろ、味方陸攻数機が敵艦隊を爆撃したとの報告があったが、敵部隊に致命傷はなく、一二〇度方向に避退をつづけているものとみられた。小沢指揮官は、敵はわが航空攻撃によって企図を断念したものと判断した。

そこで小沢中将は、北上避退中の第二護衛隊にたいし、一六二〇「第二護衛隊は予定のとり行動せよ。位置知らせ」と令した。これにより第二護衛隊は反転した。位置はジャン角の三九度、一〇二海里である。

引きつづいての航空情報によると、一七〇〇における敵との距離は一三〇海里以上になる見込みであった。

一七〇〇、同日中の会戦はないと見とおしたマレー部隊指揮官は、第一護衛隊に対し、「第一護衛隊指揮官は適宜、もとの任務に帰れ」と令し、これにより三水戦部隊は夜半、バンカ海峡方面の配備に復した。

一八一〇、触接機が敵はなお南下中であると通報したので、小沢指揮官は航空部隊に対し、「飛行機は触接を止め」と下令した。主隊は適宜行動して、同海面の警戒にあたることになった。

小沢長官の弁明

敵は味方航空部隊の攻撃により多少の損害をうけ、うち二隻は黒煙を吐いたが、一九〇〇、ガスパル海峡を抜け、ジャワ海に去った。かくて、この日の航空攻撃は敵に有効な損害をあたえることなく、また水上部隊も会敵の機会を逸したのであった。

戦後、この作戦指導について、いくつかの意見が明らかにされている。次に、その代表的なものを二つ紹介しておこう。

当時の第七戦隊「熊野」艦長田中菊松の回想。

主隊で決戦する意図があるなら、少なくとも敵を視界内に保つべきである。航空攻撃を重視することはわかるが、四航戦のようなわずかな爆撃機で終日、反覆攻撃させたのは、あまりにも飛行機に頼りすぎている。

また、「熊野」の飛行長伊藤素衛大尉がみずから確認し、四航戦司令官角田少将も「敵に戦艦なし」と断定しているのに、これを無視した作戦指導をしたのは遺憾である。

当時のマレー部隊指揮官小沢治三郎中将は戦後の回想で、「この作戦後、角田四航戦司令官は私に、敵艦隊を発見したとき、水上部隊は急追し、敵に迫るべきではなかったか、と尋ねられた。この時、私は次のように答えた」と述べている。

一、艦隊は護衛すべき輸送船団から、過度に離れるべきでない。また、シンガポールから脱出をつづけている敵艦船の捕捉撃破を続行すべきである。

二、敵艦隊は当然、ある程度の我が空襲を予期して救援作戦に出てきているものと判断していたので、たった一回の空襲で算を乱し逃走するとは予想できなかった。また、敵戦艦については後刻、偵察報告や写真を総合してみて、ふくまれていなかったことが判明した。

二月十六日一八〇〇、小沢マレー部隊指揮官は第七戦隊と第十九駆逐隊（磯波欠）に対し、アナンバスに回航し、次期ジャワ作戦にそなえて補給のうえ、待機するよう下令した。

また「香椎」に対しても、輸送船団がムシ河に入泊したなら、アナンバスに回航するよう令した。

さらに橋本護衛隊指揮官に対し、「由良」、第十一駆逐隊と第一掃海隊を、遅くとも十九日までにアナンバスに回航するよう指示した。

この日一八四五、陸軍主力船団一四隻を護衛した第二護衛隊は、予定より五時間早くムシ河口に入泊した。

十七日一一四〇、近藤南方部隊指揮官は、マレー作戦は概成したとの判断のもと、二月二十一日付で次のとおり兵力区分を変更すると発令した。

一、マレー部隊より蘭印部隊へ＝「由良」、第十一、第十二駆逐隊、第一掃海隊
二、マレー部隊より航空部隊へ＝二十二航戦（美幌空欠）、二十一航戦派遣隊および二十三航戦派遣隊（九六式艦戦欠）
三、マレー部隊は固有任務に従事しつつ、西部ジャワ攻略作戦に協力すべし

二月十八日〇七〇〇に第十一駆逐隊が、一〇〇〇には「由良」が、それぞれ哨区を撤してアナンバスに向かった。また〇六〇〇、主隊の「鳥海」など、第三航空部隊の「龍驤」などもL作戦の概成を認め、バンカ北方の支援行動海面を発してサンジャックに向かった。この日、ムントク方面において、敵の小舟艇三隻を拿捕《だほ》した。

なお「綾波」は十七日、海図にない暗礁に乗りあげ、スクリューを損傷した。小沢指揮官は同艦のジャワ作戦参加は不可能と認め、「綾波」を主隊に残し、二十七日付で「磯波」を蘭印作戦に参加させることにした。

十九日、「鳥海」以下のマレー部隊主隊はサンジャックに着いた。この日以降、次期ジャワ作戦参加部隊は逐次、哨区を撤し、二十五日にはムントクに「占守」、特設監視艇二隻、陸軍輸送船二隻を残すだけとなった。

そして、二十一日には予定どおり兵力部署の変更が実施され、各部隊は次期作戦準備に大きく転換していったのである。

ダーウィン奇襲構想

これより先の一月三十一日〇〇〇〇、連合艦隊参謀長宇垣纏少将は、近藤南方部隊指揮官に対し、機動部隊の用法について、次の内意を打電した。

一、シンガポールの陥落とジャワ、スマトラ作戦の進展にともない、敵は退路をジャワ、スマトラ方面から豪州、インド洋方面にもとめ、これを収容援護するため、英インド洋艦隊および米豪水上兵力の出動をみる公算が大きい。これを捕捉、逃避輸送船団ともども撃滅、情況によりジャワ方面敵兵力を背面から襲い撃滅することは、南方作戦の最終作戦を一挙に拡充、収拾する所以《ゆえん》である。このためには、第二艦隊兵力では不足するので、機動部隊および第六艦隊の一部を増勢することにした。

二、機動部隊使用中は、同隊の対潜警戒に万全を期し、敵艦隊基地航空兵力攻撃に短期、有効適切に機動せしめられたい。なお、味方潜水艦の行動を明確にし、敵潜と混淆《こんこう》せしめざるよう考慮せられたし。

これに対する二月五日ごろの近藤南方部隊指揮官の作戦構想は、次のような内案であった。

マニラ協定で二月二十日に繰りさげられたクーパン攻略に先だち、十七日、塚原二四三十一航艦司令長官の指揮下に二航戦を主隊とする兵力によりポートダーウィンを奇襲し、クーパンの背後を攻撃する。次いでインド洋機動作戦で、二航戦を一航艦に編入する。

二月八日、機動部隊主力（五航戦〈瑞鶴欠〉、霰、陽炎欠）と第二潜水戦隊が南方部隊に正式に編入された。また、ジャワ作戦の延期により時間の余裕ができたので、近藤南方部隊指揮官は九日一五〇〇、当面の南方作戦全般の構想と機動部隊の全力をもってする第一次機動戦（チモールなど要地攻略を妨害する敵兵力を撃滅）および第二次機動戦（ジャワ作戦時、敵の退路を遮断して潰滅させる）構想を明らかにして、およそ次のように電令した。

一、マレー部隊はシンガポール港攻撃中にして、二月中旬、バンカ、パレンバン方面攻略の予定なり。蘭印部隊と航空部隊は、マカッサル攻略に引きつづき、二十日ごろ、バリ、チモール両島を、二十五日ごろよりジャワ攻略に着手する予定。

二、南方部隊は適時、機動部隊をして、まずアラフラ海、次いで東インド洋に機動戦を実施させ、ポートダーウィン方面の敵航空兵力を潰滅する。また、敵艦隊と輸送船団の捕捉撃滅につとめるとともに、ジャワ方面敵兵力を背後から攻撃、以後の各部隊は現任務を続行しつつ、機動作戦に策応、その戦果を拡充することにつとめ、蘭印全般の平定を促進する。

三、南方部隊本隊は十八日、パラオ発、スターリング湾に進出、機動部隊と前後してインド洋に進出、適宜行動して全作戦を支援す。
四、本作戦中、インド洋方面行動部隊を統一して作戦を行なうことあるべし。戦闘要領は別令する。
二月十二日〇七〇〇、近藤南方部隊指揮官は、南方部隊の機動作戦中、インド洋方面行動部隊を統一指揮して作戦することを明らかにした。

機動部隊指揮官南雲忠一中将のポートダーウィン攻撃実施計画は、次のとおり。

攻撃隊編制
一、指揮官　淵田美津雄中佐
二、飛行機隊編制（総機数一八八機）
「赤城」四五機（零戦九、九七艦攻一八、九九艦爆一八）
「加賀」五四機（零戦九、九七艦攻二七、九九艦爆一八）
「蒼龍」四五機（零戦九、九七艦攻一八、九九艦爆一八）
「飛龍」四四機（零戦九、九七艦攻一八、九九艦爆一七）
十九日二四三〇、機動部隊指揮官は、戦果を次のように報告した。
一、第八戦隊水偵をもって天候偵察のうえ、十九日〇八三〇、予定どおりダーウィン攻撃を実施せり。〇八二五、敵双発飛行艇に発見され、これを追撃せるも南方に逸す。
二、戦果
(1)航空機撃墜＝大型一、小型一〇機。銃撃炎上＝大型四、小型三、飛行艇三機。銃撃破壊

＝大型二、小型三機、計二六機（所在の全機）
⑵艦船撃沈＝輸送船八、駆逐艦二、駆潜艇一隻。大破＝駆逐艦一隻。このほか病院船一、小船若干あるも、攻撃せず。湾内に空母、潜水艦を認めず。
⑶陸上施設＝東西両飛行場格納庫三棟全部、兵舎一棟炎上。海軍司令部、官庁街および付近一帯の建築物と繋留桟橋を爆砕。市街北東端兵舎を爆破炎上
⑷二航戦艦爆一八機と第八戦隊水偵は一五〇〇、ワークロイ岬北方を遁走《とんそう》中の六〇〇〇トン級特設巡洋艦、一〇〇〇トン級輸送船各一隻に対し二次攻撃を実施し、輸送船を撃沈、特設巡洋艦を航行不能にさせた。同艦には三弾が命中、炎上せるをもって、後刻沈没したものと信ず。
三、被害＝加賀艦爆、飛龍艦戦各一機自爆。
四、所見＝⑴敵は戦意きわめて薄弱⑵防禦砲火は我が自爆機のほか、高度三〇〇〇メートルの水平爆撃において数機が被弾した程度にして、とくに優秀とは認め難い。
なお、戦後のロスキル著『ザ・ウォー・アット・シー（海上作戦）』によると、ポートダーウィンは壊滅的打撃を受けたとされる。

二月二十一日一〇一五、機動部隊は作戦を終え、無事スターリング湾に入泊した。

ジャワ攻略作戦

ジャワ攻略関係部隊の一月二十八日前後における動静は、次のようなものであった。

一、マレー部隊
主隊（鳥海直率）はカムラン湾にあり、全般作戦を指揮中。
第七戦隊、三水戦駆逐艦若干はエンダウ、アナンバス作戦支援中。
三水戦（一部欠）はエンダウ作戦中。
第九根拠地隊主力はアナンバス作戦中。
二十二航戦主力は南部仏印でマレー方面作戦実施中。
第四潜水戦隊主力はカムラン湾で次期作戦準備中。
二、南方部隊本隊
第四戦隊（愛宕、高雄）、第三戦隊（第二小隊）、第四駆逐隊はパラオで全般作戦指導中。
三、蘭印部隊
主隊（足柄直率）はダバオで全般作戦指揮。
四水戦（第四駆逐隊、山雲欠）はバリクパパン作戦中。
第二根拠地隊はバリクパパン作戦中（一部タラカン）。
五水戦は第四十八師団護衛のため、高雄に集結。
二水戦（第十八駆逐隊欠）は第二十一掃海隊、第一駆潜隊などとアンボン作戦中。
五戦隊（妙高欠）は第六駆逐隊第二小隊とともにアンボン作戦支援中。
第一根拠地隊（第二十一掃海隊、第一駆潜隊欠）、哨戒艇二隻はケンダリー作戦中。
十一航戦、哨戒艇二隻はケンダリー、アンボン作戦支援中。

四、航空部隊

十一航艦司令部はダバオで全般作戦指揮中。

二十一航戦（鹿屋空本隊欠）、三空の主力はケンダリー、一部はメナド、ダバオ、セレベス、バンダ海と中南部フィリピン方面航空戦。

二十三航戦（三空欠）の主力はタラカン（陸攻は全部ホロ）、マカッサル方面航空戦。

二航戦、「摩耶」、第七駆逐隊、第二十七駆逐隊第二小隊はアンボン攻撃終了、二十八日パラオ着。

五、潜水部隊

第五潜水戦隊はインド洋作戦中（司令部ペナン）。

第六潜水戦隊はポートダーウィン作戦からダバオへ帰投。

六、陸軍部隊

第十六軍司令部、第二師団は高雄、台南に集結。

第四十八師団は比島リンガエン湾に集結中。

第三十八師団（東海林支隊）は香港を一月二十九日発、三十一日高雄へ集結。

二月九日、近藤南方部隊指揮官は、次のような南方作戦全般の構想を明らかにした。

一、マレー部隊はシンガポール港攻撃中であり、二月中旬、バンカ、パレンバン方面攻略の予定。

二、蘭印部隊および航空部隊は、マカッサル攻略に引きつづき、二月二十日ごろ、バリ島、チモール島を攻略、同二十五日からジャワ島攻略に着手の予定。

三、機動部隊をもってポートダーウィン方面の敵航空兵力の撃滅および敵艦隊、輸送船団の捕捉撃滅につとめるとともに、東インド洋に機動戦を展開し、ジャワ方面敵兵力を背後から攻撃、蘭印全般の平定を促進する。

四、潜水部隊をもって豪北方面、セイロン島、インド沿岸、マラッカ海峡、ジャワ南方の監視哨戒を行なう。

五、南方部隊本隊は、機動部隊と前後してインド洋に進出、全作戦を支援する。

マレー部隊は、一月三十日までに西部ジャワ作戦に参加する予定の三水戦駆逐隊二隊を、第十一（駆逐艦三）、第十二（同二）駆逐隊に、第九根拠地隊掃海隊一隊を第一掃海隊（掃海艇五）と決めて、蘭印部隊指揮官および五水戦司令官原顕三郎少将に連絡した。

西部ジャワ攻略部隊の護衛、支援兵力は不足していたが、マニラ会議前には、シンガポール方面の戦況の見とおしがつかず、マレー部隊からどの程度の増援がえられるかわからなかった。

一月下旬、マレー部隊から五水戦のほか、駆逐隊二隊、掃海隊一隊、「由良」、それに第一根拠地隊から若干の掃海、防備兵力、さらに南方部隊本隊から第六駆逐隊第一小隊が増強されることになった。

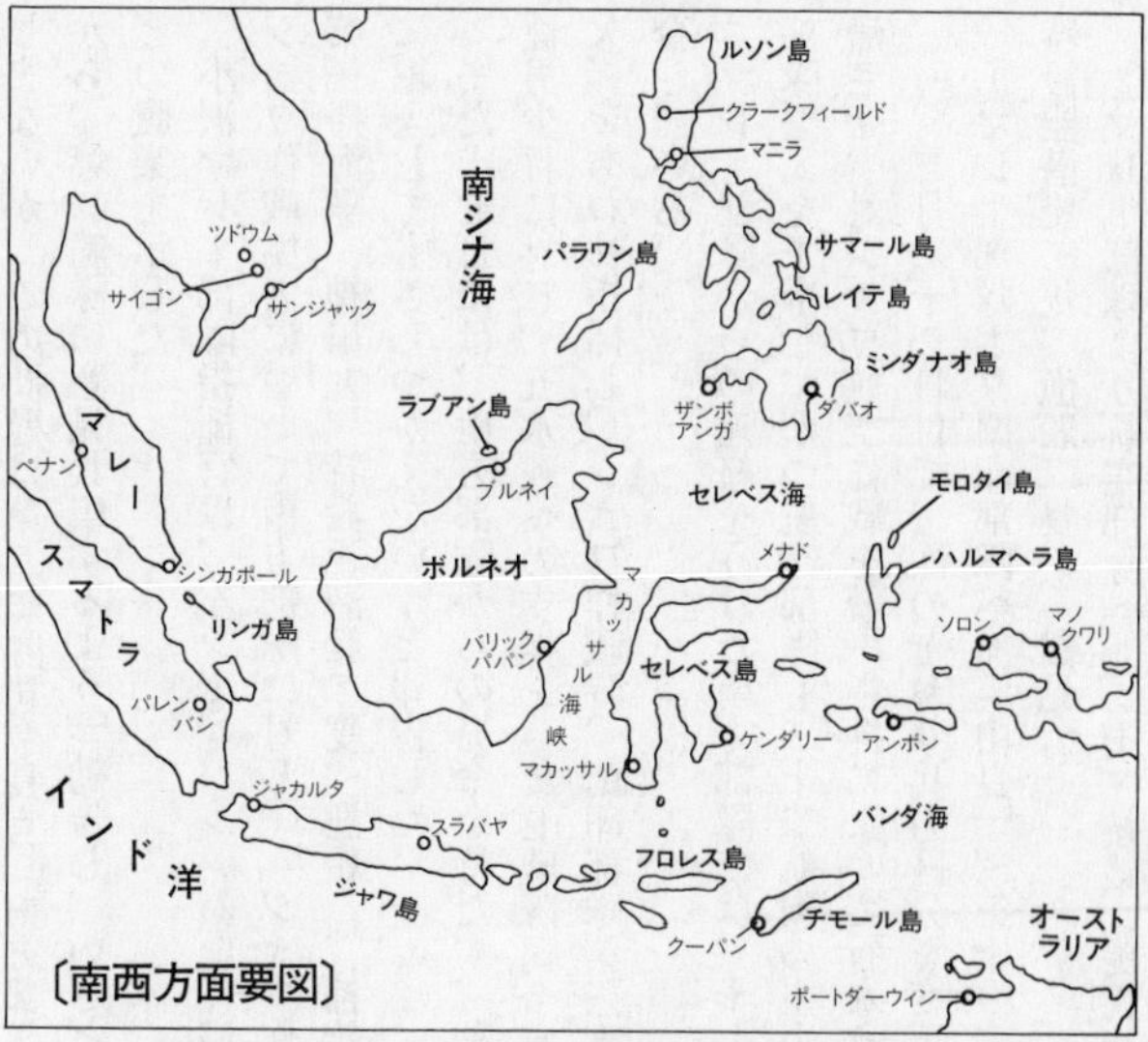

〔南西方面要図〕

西部ジャワ作戦には、総勢五五隻におよぶ大船団を、バタビア（ジャカルタ）に前進させる必要があった。

マレー部隊などからの応援で、かなりの兵力が増強されたが、輸送には敵の航空機、水上部隊や潜水艦による反撃が予想された。

現有兵力だけでは直接護衛兵力も不足し、敵艦隊の反撃があった場合、支援兵力ゼロという不安があった。

軽巡「名取」を旗艦とする五水戦の原司令官は、二月三日、カムラン湾に進出すると、同湾在泊の第一南遣艦隊司令長官（マレー部隊指揮官）小沢中将を訪れて、西部ジャワ攻略作戦への支援協力を申し入れた。これに対し小沢長官は、「マレー方面の戦況が許せば協力を惜しまないが、この問題は第二艦隊司令長官（南方部隊指揮官）を通じて行なうのが筋であるから、第二艦隊に意見具申するよう」勧告し、いざとなれば、第七戦隊を派出して支援するとの腹案を示した。

小沢マレー部隊指揮官は、バンカ、パレンバン作戦の見とおしがついた二月十六日夕刻、ジャワ作戦協力について南方部隊に対し、「ジャワ作戦につき、由良、第十一、十二駆逐隊、第一掃海隊、神川丸、特設駆潜艇二隻、漁船二、補給艦鶴見は、二月二十一日より蘭印部隊に編入してもさしつかえない」と報告した。

また十七日には、南方部隊からの発令を待たず、独自の判断により、第七戦隊司令官栗田健男少将に対し、五水戦への支援を「第七戦隊司令官は第七戦隊および第十九駆逐隊（磯波欠）をあわせ指揮し、ジャワ作戦時、蘭印部隊第三護衛隊（五水戦）の支援に任ずべし」と令している。

マレー部隊からの連絡をうけた南方部隊では、十七日、マレー部隊水上兵力の一部の蘭印部隊編入を予令し、かつ航空部隊も二十二航戦の主力を塚原十一航艦司令長官の指揮下に復帰させ、対ジャワ航空作戦を統一指揮によって行なう、次の構想を明らかにした。

一、二月二十一日付で、次のとおり兵力区分を変更す。

①マレー部隊より蘭印部隊へ＝「由良」、第十一、十二駆逐隊、第一掃海隊、「神川丸」、特設駆潜艇二隻、漁船二隻、「鶴見」

②マレー部隊より航空部隊へ＝二十二航戦（美幌空欠）、二十一航戦派遣隊および二十三

航戦派遣隊（九六式艦戦欠）
　二、マレー部隊は固有任務に従事しつつ、西部ジャワ攻略作戦に協力すべし
　原顕三郎五水戦司令官は十八日早朝、マレー部隊の協力について、次のとおり第一南遣艦隊参謀長あてに要請した。
一、ジャワ西部作戦において、事前航空撃滅戦のかたわら、ジャワ海西部ならびにスンダ海峡方面の敵艦艇撃滅をあわせ実施されたし。
二、第七戦隊の支援に関し、近時、西部ジャワ海における敵艦艇の増勢にかんがみ、第七戦隊はカリマタ海峡付近以後、輸送船隊とおおむね行動をともにし、緊密な連携のもとに敵艦艇を撃破するよう配慮ありたし。なお「龍驤」も、できうれば敵艦艇攻撃可能なる如く機宜行動をえたし。
三、当隊は二月十八日、カムラン湾を出撃す。
　五水戦からの要請をうけた小沢マレー部隊指揮官は、西部ジャワに対する航空戦について十八日、松永二十二航戦司令官に、「第一航空部隊は十一航艦と連絡、機宜ジャワ海西部の敵航空兵力撃滅に任ずべし」と下令した。

　これによって西部ジャワ攻略部隊は、マレー部隊から所期の支援をうけられる見とおしのもとに、カムラン湾を出撃することになった。

西部ジャワ攻略部隊の編成は、次のとおり。
第三護衛隊＝指揮官・五水戦司令官、五水戦（名取、第五、二十二駆逐隊）、「由良」、第十一、十二駆逐隊、第一掃海隊、第六駆逐隊一小隊、「白鷹」「妙高丸」、第二十一水雷隊一小隊
第一航空部隊＝指揮官・「神川丸」艦長、「神川丸」「山陽丸」、第三十五号哨戒艇、第九十一駆潜隊、漁船二隻

大船団出発

二月十八日一〇〇〇、第三護衛隊は陸軍輸送船五六隻（二隻追加）を護衛してカムラン湾を出発した。総兵力は軽巡一、駆逐艦一〇、その他艦艇三隻に輸送船をくわえ、計七〇隻におよぶ大部隊だった。

前日、アナンバスで触礁した「綾波」は、マレー部隊主隊の「磯波」と任務を交代したため、第十九駆逐隊司令は乗艦を「浦波」に変更した。

「磯波」は「鳥海」と別れてアナンバスに向かい、「綾波」は「鳥海」に合同してサンジャックに向かった。

二十日夕刻、船団はアナンバスの北東約二五〇海里に達した。

ここで第三護衛隊は、一部兵力が補給のためアナンバスに先行、かわってアナンバス待機部隊が護衛任務についた。

二十一日付で「由良」、第十一、十二駆逐隊、第一掃海隊、「神川丸」「鶴見」、その他がマレー部隊から蘭印部隊（指揮官・第三艦隊司令長官）に編入された。同日夜半、船団はアナンバス、グレイトナッツ間を通過した。

二十一日、アナンバスに待機中の第七戦隊司令官栗田健男少将は第七戦隊を率い、第十九駆逐隊とともに二十二日一八〇〇、アナンバス発、二十四日一二〇〇、船団付近に達した。以後、ジャワ海西部を行動して第三護衛隊の支援に任ずる旨を関係部隊に連絡した。

二十二日正午ごろ、第三護衛隊はシンカワンの北西約八〇海里に達していた。その兵力はマレー部隊からの編入分をあわせ、軽巡二、駆逐艦一五、水雷艇二、掃海艇五、その他艦艇三、輸送船五六、計八三隻にふえた。

ここで蘭印部隊指揮官から、「ジャワ上陸は二月二十八日に延期、バタビア作戦部隊は司令官所定により機宜行動せよ」との令をうけたので、一四〇〇に反転し、北上した。第七戦隊はこの日程変更により、アナンバス出撃を二日延期して二十四日とした。

二十五日一六〇〇、船団はカリマタ海峡を通過して、ジャワ海にはいった。同日一八〇〇、第七戦隊、第十九駆逐隊は、第三護衛隊の後方約一四〇海里に達した。航空偵察は一〇〇五、バタビア港内に重巡一、軽巡二、駆逐艦五隻、一一三〇、スンダ海峡に軽巡一、砲艦一隻の北上を報じた。

二十六日朝、船団はバタビアの北東約二一五海里に達した。第七戦隊の各部隊は、同時刻に船団の北方約五五海里に達していた。

「熊野」水偵はバタビアの北東で商船二、駆逐艦らしいもの一隻を認めた。また、一一〇〇および一三〇〇、敵飛行艇一機の触接をうけた。この間、第七戦隊部隊は船団に近づき、一四〇〇ごろ、互いに視認した。第三護衛隊の南方を同航して支援態勢に移った。

二月二十七日〇五三〇、第三護衛隊はバタビアの北方約一四〇海里分離点に達し、予定どおり分離した。第七戦隊部隊は第三護衛隊の南方約四〇海里を西航し、〇八〇〇、バタビア北方一〇〇海里で四機の艦載索敵機をスンダ海峡、バタビア港方面などへ発進させた。〇九三五、「熊野」機は重巡一、軽巡二、駆逐艦二隻をバタビアの三一〇度、三五海里に発見した。敵艦隊の基準針路は一六〇度、速力二〇ノットだった。この位置は第七戦隊現位置の二二〇度方向、八五海里にあった。

この報告に接した栗田第七戦隊司令官は、次のように判断した。

一、敵は我が攻略部隊をはばむため、スンダ海峡北方海面を機動したのち、バタビアに向かうであろう。

二、スンダ海峡北方海面は機雷敷設、潜水艦の伏在する算大なので、この敵をバタビア港外で捕捉するよう進出するのは適当でない。

三、船団付近を行動し、敵が北上したら撃滅する。

つづいて〇九四八、「熊野」機から「先頭の重巡は超大型にして戦艦の疑いあり」、次いで「敵は反転せり。新針路三四五度、〇九三五」と報ぜられた。栗田部隊はこの報を受けたあとも、針路〇度のままで北上した。

一方、この報を受けた第三護衛隊指揮官の原五水戦司令官は、敵は我が攻略部隊を攻撃するため出撃してきた、との判断のもとに、

「我はただちに輸送船団を北方に退避させ、名取、由良および駆逐隊の大部をもって、第七戦隊とともに、すみやかにこの敵に向かい撃滅を期す」と決断した。

このあたり、敵の意図把握では似ているのに、対応には大きな開きのあることがうかがえる。

原指揮官はただちに輸送船隊に反転を令するとともに、航空部隊に対しても攻撃を要請した。この時の第七戦隊と五水戦との距離は、およそ三〇海里であった。

そして、原少将は一〇三〇、栗田第七戦隊司令官に対し、

⑴「熊野」機報告の敵を撃退されたし、

⑵貴隊の位置知らせ、

と打電するとともに、「名取」、第十一、十二駆逐隊を率い、敵方に向かって針路二〇〇度で南下をはじめた。

栗田司令官への疑惑

原五水戦司令官からの連絡と行動に対し、栗田第七戦隊司令官は回答を保留したまま北上をつづける一方、各艦の水偵を発進させて、敵艦隊の触接にあたらせた。

のちにレイテ沖海戦など「捷号作戦」を指揮することになる栗田第七戦隊司令官は海兵三八期、原五水戦司令官は一期上の三七期だったが、栗田のほうが先任であった。

原司令官は「由良」、第五駆逐隊の合同を求める一方、船団のバンカ海峡避退を下令するとともに、「名取」、第十一、十二駆逐隊を率いて南下をつづけた。しかし、第七戦隊の回答が得られないので一一二〇、一二〇度に変針した。

栗田司令官は一〇四〇、索敵機を揚収後、ようやく南下をはじめ、一一三〇にいたって自隊の位置を原司令官に通知するとともに、「第七戦隊第二小隊および敷波は名取の行動海面、他の隊は由良行動海面にありて支援す」と連絡した。

一一四〇、第七戦隊第二小隊（三隈、最上）を南東方に分離し、みずからは第十九駆逐隊第一小隊（浦波、敷波）を率いて、南西方にあった敵とは反対方向の一二五度に変針した。

この間に触接の「最上」「三隈」機から、敵兵力はグラスゴー型一、ダナエ型二、駆逐艦二隻にして、戦艦、空母をともなわず、敵は〇度に変針す、などの敵情報告があった。

敵部隊の北上を告げる情報は、明らかに敵が我が方を指向していることを示す。ここにいたり栗田司令官は一三三〇、「我、敵方に向かう。針路二三〇度、速力一六ノット」と連絡、一四三〇以後、二八ノット即時待機を下令した。

原司令官は第七戦隊に合同中、栗田第七戦隊司令官に「現情勢にかんがみ、上陸日をさらに一日繰りさげ、第七戦隊、由良、名取、第十一、十二、十九駆逐隊をもって、敵をバタビア北西海面に撃破いたしたし」と連絡した。

さらに、蘭印部隊指揮官に対しては、「敵は重巡一、軽巡二、駆逐艦二隻をもって、積極的に輸送船隊を攻撃する態勢にあり。我が方、目下、輸送船隊を一時反転、水上兵力を集結して、これを撃破せんとす。上陸日はさらに一日延期のやむをえざる状況にあり。了承ありたし」と連絡した。

また、輸送船団に乗船中の陸軍第十六軍司令官今村均中将に対しても、その旨を知らせた。一三四〇、五水戦部隊と第七戦隊第一小隊は、視界内に入った。いったん分離した第七戦隊第二小隊も合同した。

原五水戦司令官は信号で一三四五、「貴隊と合同し、当面の敵を撃破いたしたし」と連絡したが、栗田第七戦隊司令官から何らの意思表示もないので、一四〇〇、先の上陸日一日延期、当面の敵を撃破したいとの電報を信号で再送した。

栗田は、これに対しても何らの回答を示さず、針路二三〇度のまま、以後の第七戦隊索敵要領を信号で発令したにとどまった。また、速力も増加せず、一六ノットのままであった。

原五水戦司令官はこの間、第三護衛隊に対し、今後の作戦要領を次のように下令した。

一、敵は重巡一、軽巡二、駆逐艦二隻を基幹とし、我が輸送船隊を阻止せんとするものの如し。

二、「名取」「由良」、第十一、十二駆逐隊は第七戦隊、第十九駆逐隊とともに、当面の敵をバタビア北西海面に撃滅せんとす。

三、上陸日を一日繰り下ぐ。

四、輸送船隊は第二十二、六駆逐隊各司令の定むるところにより、対潜対空警戒を厳にしつつ二十八日〇五〇〇、三度五三分南、一〇七度一〇分東において、予定航路に入る如く機宜行動せよ。

この間、「三隈」機から「敵は二二五度に変針、一四四三」と通報された。一四四五、栗田少将は原少将に対し、「敵はバタビア、その他に遁入する算大なり。バタビアに遁入せば第七戦隊第二小隊をもって、直接、一号地区方面を支援せしめ、第一小隊は機宜行動、バタビア東方海面を扼する如く行動することにいたしたし」と発信した。

これに対し原五水戦司令官は一四五〇、「敵艦艇バタビア逃避の際は、当隊、今夜ノースウォッチャーの北東海面を機宜行動、敵に備え、明朝、第七戦隊は小隊に分離、貴案どおり主力および支隊の上陸支援協力を得たし」と返信した。

一四五〇、「最上」機から「敵はバタビアに遁入しつつあり。地点バタビアの二〇度一〇海里」、また鹿屋空陸攻隊から「我一四三七、爆撃終結、一番艦に二弾直撃、火災確実、バタビアの二八度一〇海里、基準針路二〇六度、八機編隊飛行中、一四五〇」の報告を受けた。

一四五五、栗田は原に対し、「この機に作戦を進められてはいかがか。当隊駆逐艦燃料の関係上、一日延期は都合悪し」と送ったが、原は、「上陸作戦は時刻の関係上、本日は間にあわず。上陸日を一日延期のことに取りはからえり」と回答した。

一五〇〇、栗田は「追撃を止む」と連絡して、近接行動をやめ、第七戦隊第二小隊および

「敷波」をふたたび分離させ、みずからは反転して、バタビア北方六五海里において針路を北東にとった。

五水戦も追撃をやめ、輸送船団支援のため北上した。一五〇〇、連合艦隊参謀長から「バタビア方面の敵情にかんがみ、第七戦隊が当該方面諸部隊を統一指揮するを適当と認む」と入電した。

これは、二十七日朝からの第七戦隊と五水戦との電報のやりとりを傍受して、連合艦隊司令部がたまりかねて指示したものである。

一五〇〇、栗田は蘭印部隊および航空部隊に対し、次のように打電した。

「敵は重巡一、軽巡二、駆逐艦二隻。支援隊および第三護衛隊の大部をあげて、これが攻撃に向かいつつあるも、バタビアに遁入するの算大なり。航空機の総力をあげて、これを撃滅するにあらざれば、連日陸揚げを行なうこと困難なり。第七戦隊は燃料の関係上、長く当方面にとどまること不可能なり。航空機による攻撃に関し、配慮ありたし」

二十七日夕刻、南方部隊および蘭印部隊指揮官から、次の兵力部署の電令があった。

一、第七戦隊および四航戦(第二連隊欠、随伴駆逐艦をふくむ)をバタビア攻略部隊に編入。

二、第七戦隊司令官は作戦に関し、バタビア攻略部隊を指揮すべし。

これにより、あらたに現場部隊の統一指揮官となった栗田第七戦隊司令官は、南方部隊指揮官近藤信竹中将にたいし、補給船の増配を要求した。

また、翌二十八日の行動について、五水戦に対し、ノースウォッチャーの南方水路の掃海を令するとともに、二十八日、カリマタ海峡に達する四航戦にたいし、護衛駆逐艦一隻の派遣を命じた。

同夜、陸軍の今村第十六軍司令官から、

「上陸作戦のさらに一日延期の件、異存なし」との回答を受けた。

不発の航空攻撃

小沢中将が指揮するマレー部隊航空部隊の大部分は南方部隊航空部隊に入り、十一航艦司令長官塚原中将の統一指揮のもとに、第三空襲部隊としてジャワ作戦を実施することになった。ただ、美幌航空隊だけはマレー部隊に残って、北部スマトラ方面の作戦に従事していた。

その後、二十四日のマレー部隊に対する指示により、全力をもって西部ジャワ方面の敵艦隊攻撃にあたることになった。

二月二十六日一五〇〇、美幌空の陸攻一〇機はクワンタン基地を出発、一時間後にカハン基地着、燃料を補給のうえ、二十七日〇八五五、カハン基地を発してバタビア方面の索敵攻撃に向かった。

一一〇〇、「熊野」機からの敵艦隊発見の電報をうけて、敵攻撃に向かったが、視界不良で目標を発見できず、一八〇〇、全機カハン基地にもどった。このようにマレー部隊の美幌航空隊は、ジャワ航空撃滅戦にたいしては有効な協力ができなかった。

一方、四航戦は二月十九日、仏印のサンジャックに引き揚げ、次期作戦のため待機中であった。

ところが、基地航空部隊による西部ジャワ方面の航空戦果があがらないので、近藤南方部隊指揮官は二十七日、「マレー部隊指揮官は四航戦（二連隊欠）をすみやかにジャワ海方面に進出させ、蘭印部隊の作戦に協力させるべし」と下令した。

これをうけ小沢マレー部隊指揮官は、「二月二十七日一一五〇、四航戦（二連隊欠）は、南方部隊電令の如く行動せよ」と発令した。

次いで同日一六〇〇、近藤指揮官は第七戦隊と四航戦（二連隊欠、随伴駆逐艦ふくむ）を蘭印部隊に編入した。

これにもとづき、蘭印部隊指揮官（第三艦隊司令長官）高橋伊望中将は、第七戦隊、四航戦（二連隊欠）のバタビア攻略部隊編入と、第七戦隊司令官をしてバタビア攻略部隊を指揮させることとを下令した。

二十七日午後、四航戦はサンジャックを発し、ジャワ海に向け急行したが、二十八日までの戦闘には間にあわなかった。

シンガポールは二月十五日に陥落した。その見とおしのついた十四日以降、陸海軍は南方軍参謀と第二艦隊参謀の間で、北部スマトラ、アンダマン、ビルマ各作戦の輸送面について打ちあわせを行なってきたが、二十一日、南方軍総司令官寺内寿一大将と第一南遣艦隊司令長官小沢中将の間で協定が成立した。

シンガポール陥落とおなじ十五日早朝、第三十八師団（師団長・佐野忠義中将）は海軍部隊の協力のもと、バンカ島上陸に成功、十五〜十六日にはパレンバンにも上陸し、引きつづき南部スマトラの要地攻略に移った。

小沢マレー部隊指揮官は、バンカ、パレンバン作戦が概成したのにともない、二月十七日、シンガポール水路、マラッカ海峡の浮游機雷処分など水路啓開作戦を、第九根拠地隊司令官・平岡粂一少将に命じた。

水路啓開部隊は二十一日から作業を開始し、二十四日、シンガポール水路の掃海を完了した。マラッカ海峡水路は二十六日夜に掃海作業をはじめ、三月一日に同水路の掃海を終えた。引きつづきジュグラ河口、マラッカ、バッパハト各泊地の掃海を三月四日までに完了した。この日までに浮游機雷計一六コを処分、掃海部隊は五日一五〇〇、セレター軍港に戻り、両水路、泊地の啓開作戦を終えた。

掃海作業には「鳥海」水偵、「相良丸」機も協力した。

ベンガル湾へ

セイロン島（現スリランカ）奇襲作戦を検討していた大本営海軍部と連合艦隊司令部は二月十四日、アンダマン諸島、ビルマ各攻略作戦の実施にともない、英国艦隊がこの方面に策動することが予想されるとして、南方部隊に編入されていた機動部隊をもって、セイロン島以東のインド洋に作戦させ、三月下旬ごろを目標に、セイロン島を奇襲する作戦の実施を決めた。

三月一日、第十六軍（司令官・今村均中将）は東西ジャワに上陸、作戦は順調に進み、五日にはバタビア、バダンを占領した。

五日、連合艦隊参謀長は、第一段第四期作戦であるジャワ作戦概成後、四月上旬までの作戦要領を明らかにし、その中で、南方部隊によるセイロン島方面機動作戦の実施を示した。

八日、日本軍はビルマの首都ラングーンを占領、ニューギニアのラエ、サラモアも占領した。

九日、オランダ領東インド（蘭印）の無条件降伏により、連合艦隊司令長官山本五十六大将は近藤南方部隊指揮官にたいし、次の要領によるセイロン島奇襲作戦の実施を命じた。

一、作戦目的＝セイロン島方面の敵艦隊を奇襲撃滅する。

二、作戦期日＝三月中旬から四月上旬。

三、参加兵力＝機動部隊を基幹とする兵力。

なお、三月十日付で、第一段作戦の第四期兵力部署が発動された。

小沢マレー部隊指揮官は、アンダマン攻略終了予定期日と、ビルマ作戦をふくめた南方要域攻略概成予定期日との間に、かなり日程の余裕が見込まれたので、この機会をとらえて、臨時編入艦艇（鳥海、第七戦隊、三水戦、四航戦などで編成され、第一段作戦概成後、原隊に復帰予定だった）を主体とするマレー部隊水上部隊の活躍に、錦上花《きんじょう》をそえる作戦を実施しようとしていた。

内容は、ベンガル湾北部にマレー部隊独自の機動戦を展開し、インド洋からベンガル湾をへて、カルカッタ方面に通じる連合国側補給路を脅威する。これにより、ビルマ戦線における英印軍を牽制する一方、占領後のアンダマン諸島にたいする敵の反攻をくだこうと、二月上旬いらい本格的に作戦構想を練ってきた。

三月九日の連合艦隊命令により、セイロン島方面機動作戦の実施を正式に知った小沢マレー部隊指揮官は、かねて同隊で研究中だったベンガル湾北部機動作戦を、情勢の許すかぎり南方部隊機動部隊の作戦に策応させたいとして、近藤南方部隊指揮官に上申した。

近藤中将は連合艦隊司令長官山本五十六大将の了解をえて十四日夜、各部隊の策応要領を明らかにした。

これによりマレー部隊は、現在の任務を続行するとともに、敵情に応じておおむねマドラス、バビエ島両端をつらねる線以北のベンガル湾に機動作戦を実施すること、ただし、セイロンへの機動部隊空襲第一撃以前には東経八五度以西には進出しないことが定められた。

シンガポール水路が二月二十四日にひらかれたことにより、十九日以来サンジャック在泊中の小沢マレー部隊指揮官は、「鳥海」と「綾波」を率いて、二十五日〇八〇〇、サンジャック発、二十七日夕刻、シンガポールのセレター軍港に入港した。

水路の水は青く澄み、水底に沈んでいる彼我の破損した航空機や舟艇が、艦上からあざやかな色をみせていた。これまで何度か仮泊したサンジャックの黄濁して、透明度がほとんどゼロの海域とは好対照だった。「鳥海」艦上から望見するシンガポール島の軍事施設や市街地は、まだ燃えているらしく、天高く黒い煙と赤い火焔をあげていた。

旗艦「鳥海」と「綾波」の進出につづき、マレー部隊水上部隊各艦もあいついで入港する。また、インド洋方面の作戦に参加する輸送船団も三月二日以降、日本軍の占領後、昭南《しょうなん》と呼ばれるようになったシンガポールのセレター軍港に、つぎつぎと集結しはじめた。

二月二十一日、サイゴンで成立した北部スマトラ（T）、アンダマン（D）攻略、ビルマ（U）各作戦に関する第一南遣艦隊司令長官小沢中将、南方軍総司令官寺内大将との間の協定にもとづき、海軍の小沢長官と陸軍の第二十五軍司令官山下奉文中将、第三飛行集団長菅原道大中将は二月二十八日、セレター軍港において北部スマトラ要域攻略についての細目協定を結んだ。

これにより作戦開始は三月二日、上陸日はその十日後と決まった。次いでT作戦通信連絡についての第一南遣艦隊司令長官と、第二十五軍司令官、第三飛行集団長間の協定および第三水雷戦隊司令官と近衛師団長西村琢磨中将との細部協定が、三月初めに締結された。

小沢マレー部隊指揮官は陸海軍協定にもとづき、三月五日、セレターにおいてT、D、U作戦についてのマレー部隊作戦計画を発令した。

一、作戦目的＝陸軍と協力し、すみやかに北部スマトラ、アンダマン諸島要地を攻略するとともに、ビルマ攻略陸軍部隊をセレターからラングーンまで護衛、ビルマ攻略を容易にする。

二、作戦方針

①まず北部スマトラ要地を攻略し、サバン島海軍航空基地を設置する。

②次いでアンダマン諸島要地を攻略し、海軍航空基地、艦船基地を設置する。
③アンダマン攻略作戦とほぼ同時に、陸軍輸送船をセレター（一部はペナン）からラングーンまで護衛し、ビルマ攻略作戦を容易にする。

三、T作戦の兵力部署

主隊＝指揮官・第一南遣艦隊司令長官。兵力・「鳥海」、第七戦隊、三水戦駆逐艦六隻、美幌空（九六艦戦隊付加）、第四十航空隊、四航戦（二連隊欠）、「相良丸」「神川丸」、第九十一駆潜隊。主要任務・全作戦の支援と航空作戦

第一護衛隊＝指揮官・三水戦司令官。兵力・三水戦（駆逐艦六隻欠）、「香椎」、第一掃海隊（第五号掃海艇付加）、第十一駆潜隊駆潜艇二隻、（由良）。主要任務・⑴サバン湾、クタラジャ方面上陸部隊の護衛、⑵サバン港内の掃海。

第二護衛隊＝指揮官・九特根司令官。兵力・「初鷹」「占守」「長沙丸」「永興丸」、第十一駆潜隊駆潜艇一隻、第四十一掃海隊二小隊、第四十四掃海隊一小隊。主要任務・ラブハンルク、イジ方面上陸部隊の護衛。

ペナン根拠地部隊＝指揮官・九特根司令官。兵力・第十一潜水基地隊、九特根の陸警科、水警科、大発四隻。主要任務・⑴補給、⑵ペナンの防備警戒、⑶交通保護。

同サバン島基地部隊＝指揮官・九特根司令官。兵力・九特根の陸警科一コ小隊、大発三隻、特設監視艇二隻。主要任務・サバン島の防備警戒。

注⑴　第九根拠地隊は昭和十七年二月二十五日から、第九特別根拠地隊となった。

注(2) 第四十航空隊は昭和十七年二月一日に館山で編成され、同日付で第一南遣艦隊に編入された。兵力は艦攻八、艦爆八機であって、艦攻隊は二月中旬、艦爆隊は四月上旬にセレター進出。
注(3)「神川丸」は三月十日付でマレー部隊からのぞかれ、南東方面に向かった。

T作戦準備

北部スマトラ（T）作戦部隊は、二月二十七日から三月六日までにシンガポールに集結した。小沢マレー部隊指揮官は六日午後、西部ジャワ方面で作戦中だった「由良」がシンガポールに帰投したので、第一護衛隊に編入した。また、サバン島方面に新たに設営隊を送ることになったので、輸送船一隻を追加した。

美幌空および九六艦戦隊（美幌空司令の指揮下にはいる）はクワンタンにあり、マレー部隊第一航空部隊主力（二十二航戦司令部、同零戦隊、元山空、鹿屋空本隊）が、南方部隊航空部隊に編入されてジャワ方面作戦に参加するようになったあとも、引きつづきマレー部隊に残って、おもにバンカ海付近、ガスパル海峡方面の敵艦船攻撃に従事していた。

二月十九日、美幌空司令は小沢マレー部隊指揮官から、陸攻四機程度をスンゲイパタニに転進、アンダマン、ニコバル、サバン、クタラジャ方面の水上、陸上航空基地および港湾施設の状況を、要所は写真撮影するなどして偵察するよう命令されていた。それとともに、ジャワ上陸後、全飛行機隊はマレー西岸（スンゲイパタニ、またはアエルタール）に転進するよう予定された。

この命令で陸攻四機は二十日、スンゲイパタニに転進して、二十一、二十二、二十四、二十六、二十八日とアンダマン、北部スマトラ方面の偵察をしたが、敵を発見しなかった。

三月五日、マレー部隊はT、D、U作戦を発令、美幌空と九六艦戦隊はともにマレー部隊主隊に編入された。同部隊は、九日までにペナンに進出、T作戦準備を完了した。また、四十空艦攻隊は二月十六日シンガポール着、三月五日T、D、U作戦準備をととのえた（艦爆隊は四月上旬、シンガポール着）。次いで同九日、「相良丸」もペナンに入港、搭載機はペナン水上基地に進出してT作戦準備を完了した。

ペナン島は当時から〝インド洋の真珠〟と呼ばれており、日本軍が占領するまで英国の植民地だった。丘陵の裾は緑につつまれた波静かな白砂の海岸線がつづいていたので、マレー部隊はここに陸上機だけでなく、水上機や潜水艦の基地をもうけていた。

「鳥海」をはじめとする水上部隊も、たびたびペナン島沖に投錨し、一部将兵は上陸して補給物資を調達したりした。また、艦上の兵員はコバルトブルーの海を往復する白い船体の定期船を見て、オトギ話の世界のように感じた。

第一護衛隊は三月八日、マレー部隊主隊は九日、第二護衛隊は十日、それぞれシンガポールのセレター軍港を出撃、マラッカ海峡を北進して上陸点に向かった。

北部スマトラ方面航空攻撃作戦は九日、美幌空のサバン島爆撃をもって開始された。また「相良丸」も三月十日から、ペナン水上基地の飛行機隊をもって第一護衛隊および船団に対する対潜直衛、前路哨戒を行ない、四十空もマラッカ海峡南部を出撃する各護衛隊、マレー部隊主隊の前路哨戒、対潜哨戒にあたった。

十二日未明、上陸部隊はサバン島、クタラジャ、ラブハンルク、イジ方面に無血上陸した。十四日、第一、第二護衛隊は、それぞれペナン、シンガポールに向けて出港、本作戦を終了したので、次期のアンダマン作戦準備にはいった。

この間、美幌空はサバン島の爆撃、インド洋方面の索敵、「相良丸」、四十空は船団の前路哨戒、対潜警戒、上陸地点制圧などを実施したが、敵を見ず、また水上部隊も会敵することなく、我が方の損害は皆無だった。

一方、陸軍部隊は三月二十一日ごろまでに、ほぼ北部スマトラの平定を終えた。

小沢第一南遣艦隊司令長官と寺内南方軍総司令官との協定にもとづき、小沢中将と第二十五軍司令官山下奉文中将はシンガポールにおいて、アンダマン攻略についての協定を成立させた。

海上護衛にはマレー部隊の大部分、十一航艦の一部（二十二航戦基幹）があたる。協定により三月一日、三水戦司令官、十二特根分遣隊指揮官と歩兵第五十六連隊第二大隊長は細部を協定した。

小沢マレー部隊指揮官は三月五日、シンガポールにおいて、T、D、U作戦についてのマレー部隊の作戦計画を示達した。このうち、D、U作戦の兵力部署は、T作戦にくらべて、次のように変わった。

主隊(第一南遣艦隊司令長官)の「鳥海」、第七戦隊、四航戦、四十空、「相良丸」はおなじだが、T作戦の三水戦、美幌空、「神川丸」、第九十一駆潜隊が抜け、四水戦の駆逐隊一隊、「山陽丸」がくわわった。

このほか、T作戦のペナン根拠地隊(サバン島基地部隊をふくめ)にかわり、シンガポール、ラングーン両根拠地部隊、アンダマン攻略部隊が編入された。アンダマン攻略部隊指揮官には、川崎晴実海軍大佐が任命された。

三月十日〇八〇〇、第一護衛隊、第一掃海部隊がペナンを出撃した。これをもってアンダマン攻略作戦の発動となった。

二十三日〇四〇〇、輸送船隊が錨地に入泊した。〇六三〇、川崎大佐指揮の攻略部隊は、ロス島アタランタ岬南方海岸とスネーク島西方海岸の奇襲上陸に成功し、敵の抵抗をうけることなく全島を占領した。英国人幹部二三人、インド兵三〇〇人は無条件降伏した。

南東太平洋方面では三十日、日本軍がブカ島、ショートランド島を占領している。ここも、やがて「鳥海」の作戦舞台となる。

ビルマ輸送作戦

三月二日、マラッカ海峡の掃海概成により、小沢マレー部隊指揮官は、T、D、U作戦についてのマレー部隊の作戦計画を発令、アンダマン攻略とほぼ同時に、陸軍輸送船をシンガポール(一部はペナン)からラングーンまで護衛して、ビルマ攻略作戦を支援するという作作戦方針を明らかにした。

第十五軍は三月八日、ラングーンを占領した。その前日の七日、寺内南方軍総司令官は第十五軍司令官飯田祥二郎中将に対し、マンダレー方面の敵を撃滅することを命ずるとともに、作戦が順調に進み、マレー方面で必要のなくなった第五十六師団と、マレー方面作戦を終えた第十八師団を第十五軍にくわえることを発令した。海軍はこのための輸送護衛を行なうことになった。

三月十五日午前零時、D、U作戦部署が発動され、ビルマ輸送作戦は、十九日の陸軍第五十六師団乗船船団三二隻にたいする第一次輸送をもってスタートした。作戦発動直前における各部隊の状況は、次のとおり。

一、主隊

「鳥海」「叢雲」「綾波」＝T作戦後、三月十四日ペナンに入港。

第七戦隊、「初雪」「吹雪」＝T作戦後、三月十五日シンガポール入港。

「白雪」＝五十六師団輸送船のサンジャック→シンガポール港間護衛任務従事後、三月十四日シンガポール入港。

四航戦＝三月五日以降、シンガポール、整備補給訓練実施。

四十空＝シンガポール。T作戦終了後、整備訓練実施。

「相良丸」＝T作戦終了後、三月十五日ペナン着、D作戦準備中。

「山陽丸」＝三月十九日ペナンに入港待機。

二、第二護衛隊
「香椎」＝T作戦後、三月十六日シンガポールに入港待機中。

「初鷹」＝T作戦後、三月十五日ペナンに入港待機中。

「占守」＝T作戦後、三月十五日シンガポールに入港待機中。

第十一駆潜隊＝T作戦後、三月十五日ペナンに入港、三月十七日付でペナン根拠地部隊に編入。

第五駆逐隊＝パンタム湾方面作戦後、三月十二〜十四日間に各艦、逐次シンガポールに入港待機中。

「敷波」＝第五十六師団輸送船のサンジャック→シンガポール間護衛後、三月十五日シンガポールに入港待機中。
三、昭南根拠地部隊（第十特別根拠地隊基幹、司令官奥信一少将）
四、ラングーン根拠地部隊（第十二特別根拠地隊基幹、司令官石川茂少将）
五、南方部隊航空部隊（基地航空部隊）

三月二十日、マレー部隊主隊はペナンを出撃した。二十四日にはビルマ南東海面に進出し、D、U作戦を支援したのち、二十五日、同海域発でメルギーに向かい、二十六日一五〇〇、メルギーに着いた。

その後、「鳥海」を旗艦とするマレー部隊は、南方部隊機動部隊のセイロン作戦に呼応してマレー部隊機動部隊を編成した。四月一日、メルギー発、六日、三隊にわかれてベンガル湾北部に進出し、インドの陸岸近くまでせまって通商破壊戦を挑み、あとで細かくふれるように、敵商船多数を撃沈した。

四月十日、セイロン作戦終了により、第二段作戦第一期兵力部署が発動された。これにもとづき第二護衛隊は解散、かわりにペナン根拠地部隊（九特根基幹）が編成され、船団はシンガポール、ペナン、ラングーン根拠地隊間をリレー式に護衛されることとなった。かくて三月十九日にはじまったビルマ輸送作戦は、四月二十八日までに輸送船計一三四隻を護衛、陸軍のビルマ作戦に大きく寄与した。

この輸送作戦における我が方の損害は、ラングーンからシンガポールに帰投中の陸軍輸送船（空船）二隻が、敵潜水艦により撃沈されただけという完璧にちかい成果だった。

三月三十一日、英領で、ジャワ本島の南方約二二〇海里のインド洋上にあるクリスマス島を、予定どおり攻略した。

同島はインド、豪州間の海上交通上の要衝で、陸上の敵の反撃はなかったが、周辺海域を警戒中の四水戦旗艦「那珂」が敵潜水艦の攻撃で被雷、かろうじてパンタム湾に帰投している。

南方部隊機動部隊は当初、三月二十一日スターリング湾発、四月一日セイロン島攻撃の予定だった。

ところが、敵機動部隊の来襲にそなえて内地にひかえていた五航戦の機動部隊復帰が、三月四日の敵機動部隊による南鳥島空襲や、同十日の敵機動部隊ウエーク島北方に出現などの情報により遅れたため、三月十七日になって、同二十六日スターリング湾発、四月五日セイロン島攻撃に繰りさげることになり、同日一八四〇、「南方部隊第三次機動戦をC作戦と呼称、攻撃予定日を四月五日と予定」と電令した。

一方、一航戦の空母「加賀」は、先にパラオで暗礁に触れ、艦底に軽い損傷をうけていたので、三月十三日付で機動部隊からのぞかれ、修理のため同十五日スターリング湾発、佐世保に向かった。

機動部隊が出撃する三月二十六日まで、まだ約三週間あった。この間、第一、二航戦の母艦機はケンダリー基地において連日、猛訓練を実施し、目をみはるほどの練度向上をみせた。五航戦は三月二十四日、スターリング湾に入港、これでセイロン攻撃部隊の集結を終えた。

そして、改定された日程どおりに三月二十六日、スターリング湾を出撃し、四月五日にセイロンのコロンボを襲撃することになる。

三月十七日に近藤南方部隊指揮官からの電令をうけたマレー部隊指揮官小沢治三郎中将は、C作戦に策応するマレー部隊のベンガル湾北部機動作戦の具体策の検討をすすめた。

一、作戦目的

マレー部隊は現任務をつづけながら、機動部隊のセイロン島方面奇襲攻撃に策応、おおむねマドラス、バビエ島西端をつらねる線以北のベンガル湾を機宜行動して、マドラス、カルカッタ方面の敵交通線を破壊するとともに、敵艦艇を求めて、これを捕捉し撃滅する。

二、マレー部隊兵力部署

中央隊（指揮官・第一南遣艦隊司令長官）＝「鳥海」「由良」、四航戦（龍驤、汐風欠）、第二十駆逐隊駆逐艦二隻（夕霧、朝霧）。主任務・全作戦支援とマドラス、カルカッタ中間付近の交通線破壊・敵艦艇攻撃。

北方隊（同・第七戦隊司令官）＝第七戦隊第一小隊（熊野、鈴谷）、第二十駆逐隊駆逐艦一隻（白雲）。主任務・カルカッタ沖から、その南方方面の敵交通線破壊と敵艦艇攻撃。

南方隊（同・三隈艦長）＝第七戦隊第二小隊（三隈、最上）、第二十駆逐隊駆逐艦一隻（天霧）。主任務・マドラス北方方面の敵交通線破壊、敵艦艇攻撃。

補給隊（同・綾波艦長）＝「綾波」「汐風」「日栄丸」。主任務・補給船にたいする警戒、補給。

警戒隊（同・三水戦司令官）＝三水戦（駆逐艦六隻欠）。主任務・アンダマン諸島付近で待機。

「鳥海」、第七戦隊、四航戦（二連隊、汐風欠）、「由良」、第十一駆逐隊は、小沢マレー部隊指揮官直率のもとに四月一日、メルギーを出撃、アンダマン諸島北方航路をへてベンガル湾に進出する。第十一駆逐隊は三日午前、主隊から解列してポートブレアに回航、三水戦司令官の指揮下に入る。また、第二十駆逐隊は三日以降、適宜アンダマン方面哨区を撤して四日早朝、アンダマン諸島西方海面で主隊に合同する。

主隊は四日二一〇〇、C点（北緯一六度〇分、東経八六度四〇分）に達し、以後、第七戦

隊第一小隊、第二十駆逐隊一隻は北方隊となり、第七戦隊司令官指揮のもとに、五日〇九〇〇ごろ、D点（北緯一九度二〇分、東経八七度三〇分）付近に進出し、主として、カルカッタ南方からE点（北緯一八度二〇分、東経八五度五〇分）付近までの敵海上交通線の破壊、敵艦艇の捕捉撃滅に任ずる。

また、第七戦隊第二小隊、第二十駆逐隊駆逐艦一隻は南方隊となり、「三隈」艦長が指揮して五日〇九〇〇ごろ、F点（北緯一五度三〇分、東経八三度二〇分）に進出、マドラス北方海域の敵交通線破壊、敵艦艇の捕捉撃滅にあたる。

残りの主隊は中央隊となり、マレー部隊指揮官が直率して、南北両隊進出航路のほぼ中央海面を西進して、ビザカパタムの南東海面に達し、以後、E点付近までの海面を行動して、敵交通路の破壊、敵艦攻撃に任ずる。

六日一〇〇〇、G点（北緯一六度三〇分、東経八五度四五分）付近において、中央隊、北方隊、南方隊は集結し、アンダマン諸島南方をへて、ペナン、シンガポールに帰投する。

補給隊はボーバリア付近海面で待機、警戒隊はアンダマン諸島付近に待機、三日以降、第十一駆逐隊が同隊に合同後、適宜同方面発、攻撃予定の五日、アンダマン諸島西方海面に進出して主隊の後方警戒に任ずる。

ベンガル湾制圧

昭和十七年四月一日一四〇〇、マレー部隊機動部隊はメルギーを出撃すると、タボイ島西方海面に向かった。この日、美幌空の陸攻一三機がサバン島の一七〇〜二八〇度間、六〇〇海里の索敵を実施したが、敵を発見できなかった。

二日、南方部隊指揮官近藤信竹中将は本隊（愛宕、第四駆逐隊二小隊欠）をひきいて、C作戦支援のため、セレター軍港発、マラッカ海峡北口に向かった。

マレー部隊機動部隊は夕刻、針路を二七〇度に変針すると、アンダマン諸島とニコバル諸島の中間海面に向かった。美幌空陸攻一三機は、この日も敵を見なかった。

四月三日のセイロン島空襲二日前を標準として、搭載機によるコロンボ方面の隠密偵察の任務をもっていた伊七潜は、「敵の警戒厳重、飛行偵察不可能」と通報した。

この報告を傍受した小沢治三郎マレー部隊指揮官は、南方部隊機動部隊の攻撃が一日繰りさげられるのは確実と判断、マレー部隊機動部隊の攻撃日も一日延期し、ニコバル諸島の東方海面を機宜《きぎ》行動して、「龍驤」の飛行索敵も四日に延期した。

三日〇六四五、ボーイング型三〜四機、ロッキード型一機がポートブレアの警戒隊泊地に来襲し、照明弾利用による爆撃を行なった。至近弾で「夕霧」が損傷したが、戦闘航海には支障なかった。警戒隊はこれに応戦し、〇七二〇、集中砲火で敵大型機一機をマングローブ湾奥の陸上に撃墜した。

三日一四三〇、ベンガル湾北部を索敵した東港空飛行艇が、「敵輸送船七隻、カルカッタの一九度、一二〇海里、針路一八〇度、速力一二ノット」と報じた。

同日一八一〇、南方部隊航空部隊指揮官の塚原二四三中将は、四〜七日にわたり元山空陸攻隊と鹿屋空派遣戦闘機隊の一部および陸偵隊をもってするカルカッタ、アキャブ方面の敵情偵察と攻撃を命令した。

四日、マレー部隊機動部隊はリトル・アンダマンの南東六〇海里付近に達したのち、針路を二七〇度とし、一〇度海峡《テン・ディグリー》に向かった。前日、補給のためポートブレアに回航した「由良」は、〇七二五に主隊と合同する。入れちがいに第十一駆逐隊が〇八〇〇、主隊から解列、警戒隊に編入されてポートブレアに向かった。

マレー部隊機動部隊は一〇度海峡通過後、〇八五〇、針路を三三〇度とし、中央隊、南方隊、北方隊の分岐点であるC点に向かった。

一〇〇〇、東港空飛行艇はツリンコマリー偵察状況を、「港内に中型以上商船八隻（うち病院船一隻）、大型駆逐艦一隻」と報じた。「龍驤」は午前に艦攻四機、午後に艦攻三機をもって所定海面の索敵を実施したが、敵を見なかった。

二〇三〇、警戒隊指揮官は「川内」、第十一駆逐隊（一七三〇、ポートブレア沖着、ただちに燃料補給）、第十九駆逐隊第一小隊を率いてポートブレア沖を発し、主隊の後方警戒のため、ポートブレア北西方海面に向かった。

四月五日〇三〇〇、主隊は針路を三二〇度にした。〇四二〇、三日にポートブレアを出発した第二十駆逐隊が合同して、直衛配備についた。〇八五五、「龍驤」艦攻三機が発進して北西方一二〇海里の索敵を実施したが、敵を見ず。

このころ、南方部隊機動部隊はコロンボの南方一八〇海里に達し、第一次コロンボ攻撃隊

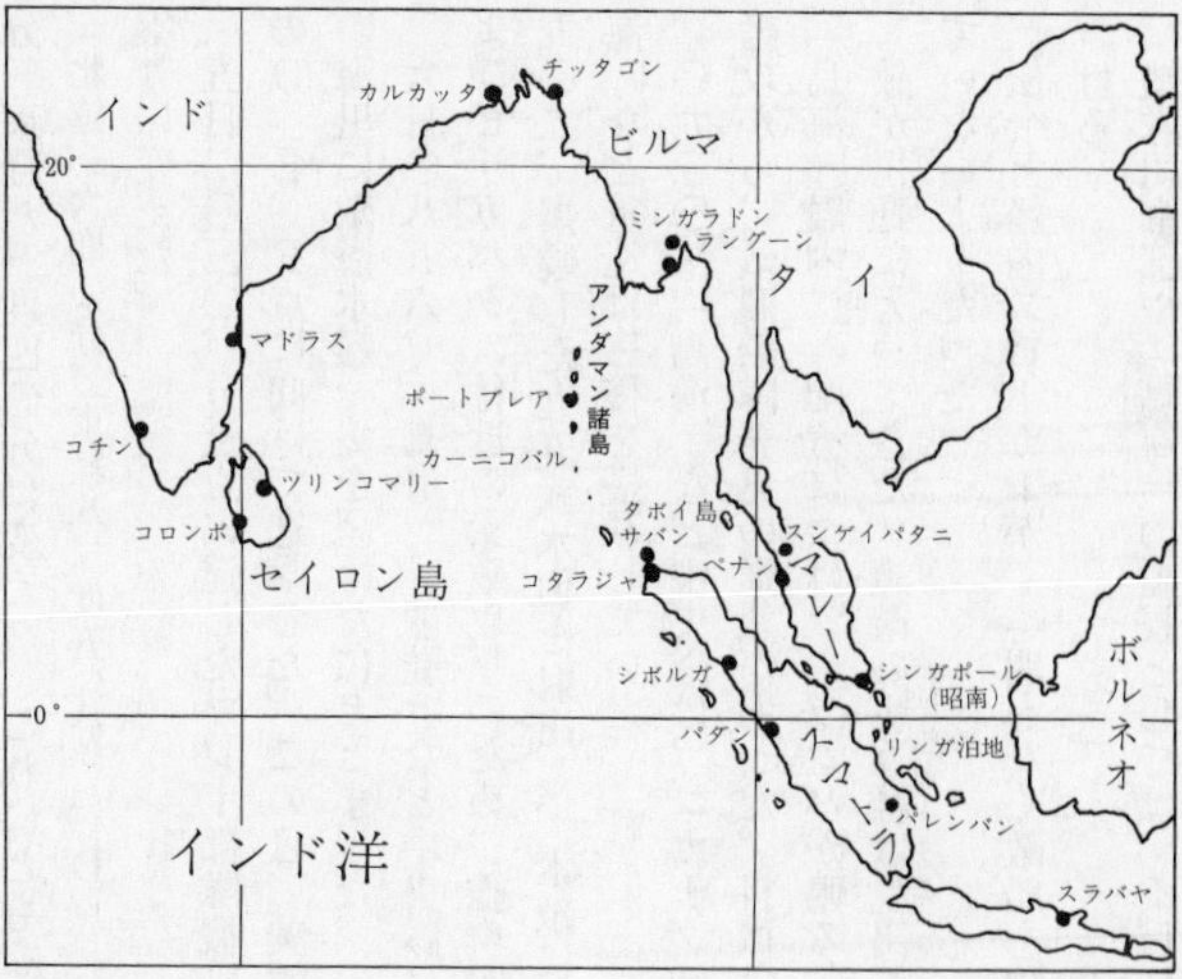

と上空直衛隊を発艦させた。一〇四六、セイロン局はすべての艦艇に、空襲警報を発した。

マレー部隊の小沢指揮官は、予定どおり南方部隊機動部隊のコロンボ攻撃が行なわれたので、ベンガル湾においても攻撃行動をはじめることとし、一三四〇、「龍驤」に対して、主隊の前程に進出、索敵攻撃するよう命じた。「龍驤」は一四三三〜一五一〇の間に艦攻一〇機を発艦、北西方二六〇〜二八〇海里の索敵を実施した。

「龍驤」艦上機は一六四〇〜一七四二の間に、特務艦（九〇〇〇トン級）一、大型商船五、商船四隻を発見した。

この報告により、敵の交通線はおおむね距岸三〇海里以内であると判断した小沢指揮官は、攻撃発動点をさらに沿岸寄りに変更する必要を認め、E点を北緯一七度二〇分、東経八三度四〇分に変えた。これにともない南方隊、北方隊も、それぞれ新しいF点（北緯一六度〇分、東経八二度五〇分）、D点（北緯一九度四〇分、東経八七度〇分）を陸岸寄りに変えた。

五日二〇三〇、分進点に達したマレー部隊機動部隊は、それぞれ北から新たな攻撃発動点のD、E、F点に向けて進撃した。この日、美幌空陸攻九機は、サバン島の二五五度、一四〇海里に敵潜水艦一隻を認めたにとどまった。

六日〇八五六、「鳥海」「龍驤」など中央隊は攻撃発動点近くに達し、「龍驤」は南方およびビザガパタム付近の索敵攻撃のため、艦攻四機を発艦させた。また、旗艦「鳥海」は〇九〇二、爆装した九五式水偵を射出し、索敵にあたらせた。九五式水偵は複葉機で、「鳥海」など重巡は三機を搭載していた。

〇九三〇、「鳥海」など中央隊は、コカナダ沖に進んだ。前後して「鳥海」機、「龍驤」艦攻から、敵商船隊発見の通報があった。目標は近い。

「鳥海」艦内に「配置につけ」のラッパが鳴る。

敵が視野に入ってきた。護衛の駆逐艦は脱出したのか、随伴していない。商船群は武装していないようだった。

伝令と艦内スピーカーが、「間もなく敵船を砲撃する。非番直員は見学の位置につけ」と告げる。

艦隊司令部や「鳥海」の艦長としては、乗員に実戦の模様を目撃させ、経験をつませておこうと配慮したのであろう。

艦橋上部の方向探知機室周辺、旗旒甲板、短艇甲板など上甲板より高い位置の各部はもちろん、上甲板の艦橋横から格納庫甲板にかけて、たくさんの人垣ができる。

砲撃は一番から五番砲塔まで一〇門の二〇センチ砲の一斉射撃ではなく、一番砲塔が射撃したあと、間をおいて二番、三番と順次、繰りさげていく砲撃方法であった。これらは、艦橋最上部にある射撃指揮所によってコントロールされる。

旗艦「鳥海」の前檣に、「砲撃をはじめる。乗員は退去せよ」との旗旒信号があがる。敵商船隊に対する通告である。

敵との距離は五〇〇〇メートル前後で、快晴、彼我の間にさえぎるもののない鏡のように凪《な》いだ海上なので、船上を移動する商船員の姿が、肉眼でもハッキリとらえることができる。船央の両舷からボートが降ろされている。着水するや、あわてふためいてオールを漕ぎだす。上甲板から海へ飛びこむ者も多い。

ボートが本船から四〇〇〜五〇〇メートル離れたころあいを見て、まず「鳥海」の一番砲塔が火を吹いた。つづいて二番、三番、そして四番砲塔……。最後の五番砲塔の順番になると、艦体をひとひねりして艦尾越しの砲撃となる。

距離が近いので、砲身の仰角はゼロの水平射撃である。たとえ非武装の商船にしろ、開戦以来、敵に対して実弾を見舞うのは、「鳥海」全乗員にとってこれがはじめての経験であった。長官にとっても、艦長、砲術長にとっても、商船への主砲弾射撃は初体験だった。

船橋に、船体に二〇センチ主砲弾が命中しても、爆発もしなければ、沈みもしない。船体周辺の海面に、何本もの巨大な水柱を沸きあがらせる。とくに、「鳥海」とは反対舷側の海面の沸騰が大きく高い。

軍艦の装甲にくらべればブリキのように薄い商船に、徹甲弾を近距離から射ちこむので、砲弾が船体を貫通してしまうのである。「鳥海」は徹甲弾以外の主砲弾を用意していなかった。

もっとも有効な攻撃方法は雷撃である。「鳥海」が最初に砲撃したイギリスの一万五〇〇〇トン級大型商船でも、一〜二本の魚雷で瞬時にして沈没させ得るであろう。問題は、魚雷が一本五万円ほどすることであった。

司令部の水雷参謀と砲術参謀、「鳥海」の水雷長と砲術長は、コスト・パフォーマンス(投資対効果)によって砲撃を優先させた。

それでも主砲弾によるボディーブローは、しだいに効果をあらわし、船体を割り、砕き、沈没につながった。

中央隊はコカナダ、ビザガパタム沖での交通破壊戦で、次の戦果を報じた。

一、「鳥海」

〇九四四、英国商船(一万五〇〇〇トン級)一隻撃沈
一一一九、米国タンカー(九〇〇〇トン級)一隻撃沈
一一四〇、英国タンカー(三〇〇〇トン級)一隻撃沈

このほか自艦水上機の爆撃で、貨物船（六〇〇〇トン級）、武装商船（四〇〇〇トン級）各一隻を大破した。

二、「由良」（龍驤、夕霧分ふくむ）
〇九五五、オランダ商船（三〇〇〇トン級）一隻撃沈
一〇四五、英国武装商船（六〇〇〇トン級）一隻撃沈
一一四五、オランダ武装商船（三〇〇〇トン級）一隻撃沈

三、「龍驤」飛行隊
大型商船（八〇〇〇トン級）一隻撃沈
中型商船（五〇〇〇トン級）一隻撃沈
大型商船（一万トン級）
大型商船（九〇〇〇トン級）
大型商船（七五〇〇トン級）
大型商船（六五〇〇トン級）
　各一隻大破炎上または航行不能
小型商船（二〇〇〇トン級）二隻大破
石油タンク（コリンガ）二コ爆破
倉庫（コリンガ、ビザガパタム）二棟爆破

インド洋作戦終了

南方隊（第七戦隊第二小隊、天霧）は〇九〇〇、F点近くに達したので索敵機を発艦させた。一〇三〇、敵輸送船二隻を発見し、午後までに次の戦果を報じた。

貨客船（七〇〇〇トン級）一隻撃沈
貨客船（六〇〇〇トン級）二隻撃沈
貨物船（五〇〇〇トン級）二隻撃沈

本戦闘での消耗弾数

「三隈」主砲一二〇発、高角砲二三発、六番通常爆弾五発
「最上」主砲一三七発、高角砲四七発、六番通常爆弾四発
「天霧」主砲七八発、魚雷三本

北方隊（第七戦隊第一小隊、白雲）は〇八五五、北緯一九度三三分、東経八七度八・五分に達し、索敵機二機を発艦させた。〇九一五、敵輸送船一隻を認め近接中、さらに〇九四〇、輸送船六隻を発見し、〇九五二～一一五〇の間に全船を撃沈した。

本戦闘での消耗弾数は、次のとおり。

「熊野」主砲三三三発、高角砲一八六発
「鈴谷」主砲一九〇発、高角砲六四発
「白雲」主砲二〇〇発

この戦闘での平均射距離は五〇〇〇〜六〇〇〇メートル、商船一隻の撃沈に要した平均弾数は二〇センチ徹甲弾約七五発、一二・七センチ通常弾約六五発であった。

本戦闘中、「熊野」一号機の機長伊藤素衛大尉は、敵輸送船団に触接中、敵船を陸岸に近づけないよう西方から船橋を機銃掃射し、艦艇からの攻撃を容易にした。同機は索敵を終えて帰投中、敵ハリケーン戦闘機三機の攻撃をうけたが、「鈴谷」二号機（九五式水偵）の空中戦闘と、艦上からの対空射撃により一三〇〇ごろ、撃退した。そして一三二六、全機を揚収した。

「熊野」一号機は被弾一九発におよんだが、乗員に異状はなかった。敵戦闘機三機の攻撃により、北方隊（指揮官・栗田健男少将）はいそぎ南東方に避退して、通商破壊戦を一時、中断した。

水上機揚収後、同隊は西方に媒煙を認めたので、これを追跡し、船尾付近に火災を起こして漂流中の一万トン級商船一隻を認めて撃沈した。それ以降、北方隊は敵情をえず、七日の会合点に向かった。

一方、警戒隊は、アンダマン諸島の北西約二五〇海里付近を行動していたマレー部隊機動部隊の後方警戒をしていたが、異状を認めなかった。

四月七日、各部隊は会合点に向かいつつあったが、〇六三〇に南方隊が、次いで〇八三〇に北方隊が、それぞれ中央隊と合流、ニコバル諸島方面に向かった。

〇九〇五、第二十駆逐隊は燃料補給のため、主隊から分離して、アンダマンに向かった。

警戒隊はポートブレアの北西約二〇〇海里にあり、主隊に合同すべく行動中だった。

八日〇八〇〇、主隊はポートブレアの西方約一五〇海里に達し、警戒隊を合同して一〇《テン》度《ディグリー》海峡に向かった。同隊は「龍驤」艦攻四機をもって一〇度海峡を索敵したが、敵を認めなかった。

一六〇〇、海峡西口に達し、同海峡を通過する。二一一五、カーニコバル島の北方約三〇海里からマラッカ海峡に向かった。また「由良」は燃料補給のため、ペナンに向針した。

九日一二〇〇、マレー部隊機動部隊は、サバンの北方約一〇〇海里に達し、一四四〇にはポートブレアで補給を終えた第二十駆逐隊を合同、夕刻にはマラッカ海峡に入り、十一日一〇三〇〜一一〇〇の間にシンガポールに入港した。

この間、四月十日付けで連合艦隊第二段作戦第一期兵力部署発動により、「鳥海」と第七戦隊は前進部隊に、「龍驤」と三水戦は主隊に編入されることになった。

これより先、四月七日、近藤南方部隊指揮官は、四月十日付けの新兵力部署にうつる場合の南方部隊各隊、各艦の行動について、次のとおり下令した。

一、「鳥海」と第七戦隊、三水戦、四航戦（二連隊欠）を、マレー部隊からのぞく。右隊（艦）は要務終了しだい本籍軍港に回航、整備作業に従事すべし。
内地回航に関し、第七戦隊司令官は警戒ならびに対潜掃討を考慮し、右隊（艦）を区分統制すべし。

二、第三戦隊（第二小隊欠）、第四駆逐隊第二小隊は、機動部隊における任務を終了せば軍港に回航、整備作業に従事すべし。内地回航に関しては機動部隊指揮官の指示にしたがうべし。

三、「由良」をマレー部隊よりのぞき、第五潜水部隊に復帰す。

四、第二、第五各潜水戦隊を南方部隊よりのぞく。各隊は当該司令官所定により行動すべし。

五、第十六、十八、二、二十四駆逐隊（涼風欠）および第十一航空艦隊（瑞穂欠）は、特令あるまで現状のままとす。

六、他の各隊（艦）は、第二段作戦第一期軍隊区分により発動すべし。

この命令によってマレー部隊からのぞかれた「鳥海」、第七戦隊、四航戦（二連隊欠）、三水戦、「由良」の行動は、次のとおり。

「鳥海」——十二日第一南遣艦隊旗艦を「香椎」に変更、十三日四航戦（二連隊欠）とともに、シンガポールを出港、前進基地のカムラン湾を経由して、二十二日に母港の横須賀に帰港した。

四航戦（二連隊欠）——十三日「鳥海」とともにシンガポール発、カムラン湾経由、途中で「鳥海」と分離し、二十二日柱島着、二十三日呉に入港した。

「川内」——十三日シンガポール発、十七日海南島三亜着、即日同地発、二十二日佐世保入港。

第七戦隊（重巡四隻）――十三日シンガポール発、十六日カムラン湾着、即日同地発、二十二日に呉入港。

「由良」――十一日ペナン発、十二日マラッカ仮泊地着、十三日同地発、二十日佐世保入港。

第二部　ソロモンの死闘

ガ島燃ゆ

フィジー諸島を出撃した米遠征部隊は、ガダルカナル島の南方約四二〇海里、南緯一六度三六分、東経一五六度六分の地点まで西進し、そこからガ島のエスペランス岬に向けて真北に航進した。

昭和十七年八月六日一八〇〇、遠征部隊の先頭にあった護衛部隊の重巡三、軽巡一、駆逐艦九隻は、ガ島の南方六〇海里の地点に達した。当時、護衛部隊は、ガ島南方にあった不連続線によるスコールにみまわれていた。これが幸いして、日本軍哨戒機から発見されずにすんだ。

八月七日〇一〇〇、ガ島に向かう輸送船団一五隻と、ツラギに向かう船団八隻は、ガ島の北西端西方約一〇海里の位置で分離した。ガ島船団はサボ島とエスペランス岬の間を通ってルンガ沖に向かい、ツラギ船団はサボ島の北をとおってツラギ沖に向かった。

七日〇四一三、艦砲射撃隊がルンガ岬周辺の日本軍沿岸砲台とおぼしき地点や、倉庫に対する砲撃をはじめた。

艦砲射撃隊は、対ガダルカナルが重巡三、駆逐艦四隻、対ツラギが軽巡一、駆逐艦二隻である。次いで、ガ島西方から発進した機動部隊の艦上機も、両島諸施設への銃爆撃を開始した。

〇七一三、艦砲射撃と航空支援のもとに、第一次上陸部隊はガダルカナル島テナル川東方の海岸に上陸した。連合軍側は、ガダルカナル島に日本軍の守備隊約五〇〇〇人が防備にあたっているものと推定していた。

八日一四〇〇までには、飛行場の滑走路と通信基地、発電所、倉庫などのある主要基地の占領に成功した。

ガダルカナル島上陸とほぼおなじ七日〇七一〇すぎ、米海兵隊はツラギ、ガブツ、タナンボコの三島にも上陸した。艦砲射撃と空母機の銃爆撃によって、ガブツの日本軍水上機、飛行艇基地を破壊し、ツラギの陸上陣地も爆破した。

しかし、上陸部隊は各島で日本軍の激しい抵抗をうけ、七日のタナンボコ島占領には失敗した。

このため、初上陸した海兵隊員一五〇〇人を、二倍にふやさなければならなかった。これで海兵隊の予備隊全部を動員する結果となり、第三段階に実施する予定だったサンタクルーズ諸島攻略作戦は事実上、放棄のやむなきにいたった。

八月七日〇一〇〇すぎ、ガダルカナル島ルンガの第八根拠地隊通信基地は、同島北西端にもうけられていたカミンボ岬見張所から、「船団見ゆ。敵か味方か不明」との緊急電報を受信した。同見張所の西方沖合いをガ島に向かう一五隻と、ツラギ島への八隻に分離行動しつつあった米護送船団を目撃したのである。これが敵上陸部隊発見の第一報だったはずである。

第八根拠地隊は、それまでに船団近接の情報をまったく入手していなかった。とりあえずルンガ通信基地は、この緊急信をラバウルの第八通信隊に転電することになり、電信員の加藤敏行一等水兵が八通を呼びだしたが、繰りかえし呼んでも八通側からの応答はなかった。

当時、南ソロモンの夜間通信状況は悪く、これまでもラバウルとの交信は円滑を欠いていた。加藤一水はやむなく、八通側の応答のないまま、カミンボ岬からの緊急信を送信した。後日、判明したところでは、八通はルンガからの放送通信を受信していなかった。

ルンガとラバウル間の交信が完全だったら、米軍上陸初期の戦況に変化をもたらし、ひいては戦局を動かしたかもしれない。

ルンガの通信基地は、兵曹長を長とする下士官兵約一六人で編成されていた。この主力はサモア、フィジー諸島攻略のため、昭和十七年五月十五日に佐世保海兵団で編成された第八十五通信隊である。

同年六月のミッドウェー上陸作戦の挫折にともない、サモア、フィジー作戦も中止され、しばらくトラック島で待機していた。同二十四日、うち一〇人が第八根拠地隊ガダルカナル通信基地に派遣されることになり、途中で寄港したラバウルで呉鎮守府所属の通信兵六人をくわえ、ガ島着後、ルンガに基地を設営して、ラバウルの第八通信隊の指揮下に入った。ガ島では第十一設営隊員約一三〇〇人、第十三設営隊員約一二〇〇人が、ツラギ島の第八十四警備隊から派遣された一コ中隊規模の武装部隊に守られて、飛行場の建設作業を急いでいた。ルンガの通信隊は当初、滑走路などの進捗状況報告を主な業務としていた。

ツラギからの緊急電

八月七日払暁、敵の奇襲攻撃をうけたツラギ方面所在部隊は、ただちに第八艦隊司令長官などに敵来襲を急報した。この方面に展開していたのは、ガブツ島に横須賀鎮守府所属の横浜航空隊、ツラギ島に呉鎮守府所属の第八特別根拠地隊（司令官・金沢正夫中将）麾下の第八十四警備隊が警戒任務についていただけだった。ツラギの通信基地は、この八十四警の指揮下にあった。

ツラギの通信基地からの第一報は〇四一二発信、〇四三〇受信、電文は「敵、猛爆中」で、着信者は第八艦隊司令長官のほか、連合艦隊、第四、第六艦隊各参謀長、大本営海軍部第一部長、二十五航戦司令官であった。

第二報は〇四二五発信、〇四五〇受信で、着信者は第一報とおなじである。内容は「敵機動部隊見ゆ」「敵機動部隊二〇隻、ツラギに来襲、空爆中、上陸準備中。救援頼む」であった。

〇四三〇と同三五の発信、各〇四三五、〇五〇八の受信で、今度はツラギ基地（ガブツ島）にあった横浜航空隊司令の宮崎重敏大佐から、着信者・第五空襲部隊（二十五航戦）、傍受者・外南洋部隊（第八艦隊）各指揮官宛に、「空襲により飛行艇全機火災」「敵空母一、巡洋艦四見ゆ」の第一、第二報が送られた。

ツラギ通信基地からは引きつづき〇四三五、同四五発信で「敵はツラギに上陸開始」「状況により、今から暗号書など通信関係装備を焼く」の緊急信が、着信者・第八艦隊、傍受者・十一航艦、第四艦隊、第六艦隊各参謀長、二十五航戦司令官、大本営海軍部第五課長宛に打電された。状況は時々刻々と悪化し、深刻な事態となる。

次いで〇五二九発（〇五五〇受）では、「我、艦砲射撃受く」、つづいて六分後の〇五三五発（〇五五八受）では、「戦艦一、巡洋艦三、駆逐艦一五、その他輸送船多数」、そして〇六〇三発（〇六二三受）では、「電信室に至近弾、死守す」を最後に通信がとぎれた。

〇五二九以降に発信された三通の電報は、着信者として第八艦隊が挙げられているだけで、傍受者は空白である。

一方、横浜空司令から第五空襲部隊、外南洋部隊各指揮官宛のものは、〇六一〇発信の「敵兵力大、最後の一兵まで守る。武運長久を祈る」という悲愴にして、心配り、気配りにみち、かつ味方を励ますものであった。そして、この電報が最後になったのである。

通信の途絶は、戦闘配置を死守し、最後の一兵まで守ったが、刀折れ、矢つき、ついに全滅したことを意味する。

払暁の敵の急襲をいちはやく報じて以来、彼我の戦況を二時間にわたって打電しつづけ、壮烈な戦死をとげた通信兵のなかには、昭和十五年に海軍へ志願し、久里浜の通信学校を卒業後、実施部隊である横浜航空隊に配属され、この時期、ソロモンの最前線に進駐した斎藤方徳（神奈川）、猪俣新平（福島）、高橋康（山梨）、夏海明（千葉）らがふくまれている。彼らは当時、いずれも二等水兵（のちの呼称変更で一等水兵）で、年齢は一八、九歳であった。彼らにとって、これがおそらく初めての実戦経験であろう。

そして、多くは寝込みを襲われ、戦闘配置につくか、つかないうちに、また敵情を把握しきれないうちに玉砕してしまったのではないか。彼らは太平洋戦争における、もっとも早い時期での戦死者の一員であった。

当日のツラギ方面の日出は〇四四〇だから、米上陸部隊と支援艦艇の来襲は、日出の直前か直後となろう。また、ツラギ通信基地や横浜空司令よりの電文に見える敵の戦艦、空母各一隻は、他の艦船の誤認であろう。戦艦は参加していないし、空母部隊はガダルカナル島西方約六〇海里にあり、ツラギからは視認できない距離だからである。

作戦緊急電信は「サキ」の符号を、発・着信者、傍受者、本文、発信時刻の前に冠して送信される。作戦上もっとも緊急度の高い電報なので、同一通信系においては、他の通信に優先して送受信するよう規定されている。

ツラギ基地からの緊急電が伝える内容は、第八艦隊司令部の想定にあまるものであった。大本営、連合艦隊司令部においても、同様である。

来攻が早すぎたのだ。米軍の反撃開始は昭和十八年以降と想定していたものが、半年ないし、それ以上の早さで現実となったのである。

第八艦隊司令部ははじめ、単なる強行偵察程度のものと判断し、現地からの通報は、敵兵力を過大に誤認しているのではないかとみていた。このため、基地航空部隊で敵空母をたたき、外南洋部隊で敵艦隊を撃破すれば、一コ大隊程度の陸上兵力の派遣により、奪回が可能であるとの甘い見方が多かった。

ただ、大西新蔵参謀長ら一部幕僚は、「これは本格的反攻だ」と、きびしく受けとめていた。

そのうちの一人の参謀は、ガ島の飛行場が設営隊員による突貫工事で滑走路が概成し、数日中にラバウルから攻撃機、戦闘機が進出する予定になっていたことから、米海兵隊の奇襲上陸という急報に接し、思わず「しまった。せめて三〜四日の余裕があったら」と、口走ったと伝えられる。

「三川艦隊」動く

三川軍一外南洋部隊指揮官（第八艦隊司令長官）は、このような情勢判断にもとづき、旗艦「鳥海」以下の手もとにある海上兵力をもって、すみやかにソロモン海域に出撃し、基地航空部隊による攻撃と策応して、敵来襲兵力を撃滅することを決意した。

「鳥海」はミッドウェー海戦に参加後、七月十四日に第八艦隊旗艦となり、十九日に呉を出撃、三十日、ラバウルに入港していた。

○五三五、三川指揮官はラバウル在泊艦船に対し、すみやかに出撃準備の完成を命じた。また、司令部要員約五〇人と報道班員の乗艦のため、ブナ輸送支援作戦により、すでにカビエンを出港してアドミラルティ諸島海域に向かっていた「鳥海」に急遽《きゅうきょ》、ラバウルへの回航を命じ、護衛のために駆逐艦「夕凪」を派遣した。
「夕凪」は第二十九駆逐隊の所属で、司令は島居威美中佐だった。僚艦の「朝凪」や「追《お》風《い》《て》」とともに、ラバウルを基地として輸送船団の護衛任務についていたが、この日は「夕凪」だけが特別な任務をもたずに、ラバウルに在泊していた。

そのためカビエン、ラバウル間の「鳥海」の護衛を命ぜられ、引きつづき三川襲撃部隊にくわわって、艦首に菊の御紋章をもたない非軍艦（補助艦）の駆逐艦としてはただ一隻、夜戦に参加する名誉ある機会を得たのである。

「鳥海」と第六戦隊の重巡四隻は、七日〇四一五にカビエン発、ラバウルとアドミラルティ諸島向けの二隊に分かれて航行中だった。そこにツラギ通信基地からの緊急電が飛びこんできた。

「青葉」座乗の第六戦隊司令官の五藤存知少将は、アドミラルティ諸島行きを変更していそぎ南下し、一足早く一二三〇に入港した「鳥海」「夕凪」に次いで、一三〇〇、ラバウルに到着した。

第六戦隊の行動変更は、五藤司令官の独自の判断によるものであった。

外南洋部隊の三川指揮官は、山田第五空襲部隊指揮官の要望により、不時着機の搭乗員救出のため、第二十九駆逐隊の駆逐艦「追風」をショートランド島周辺の海域に急派することとし、「追風」は七日〇六三〇ラバウルを出撃した。ショートランド島は、ラバウルとガダルカナル島のほぼ中間に位置する。ソロモン諸島中、最大の島であるブーゲンビル島南端のブインと海峡をへだてて対し、大型艦船の停泊可能な港をもつ。

一方、吉富説三少将を司令官とする第七潜水戦隊に対しては、すみやかにツラギ方面に進出し、敵艦艇を攻撃するように命じた。これより先、七潜戦の吉富司令官は三川指揮官から、ラバウルに集結し、ツラギ在泊敵艦隊の掃討準備を完整するように、との電文を受けていた。

第八艦隊参謀長の大西新蔵少将は、二ヵ月ほど前の六月五日まで七潜戦の司令官であった。さらに、在ラバウルの佐世保、呉籍の特別陸戦隊員五一九人をもって増援隊を編成のうえ、「宗谷」「明陽丸」に分乗させ、これを「津軽」や掃海艇、駆潜艇護衛のもとに、いそぎガダルカナル島に進出させることとし、同部隊は同日二一〇〇、ラバウルを出港した。

東部ニューギニア方面においては、設営隊員を乗せた輸送船団が、六日にラバウルを出発し、ニューギニア東南部のブナに向かっていた。ニューギニアは赤道直下から東南にひろがる世界第二の島で、日本本土の二・一倍の面積をもつ。東経一四一度線以西はオランダ領、それ以東の南部（パプア）は豪州領に二分割されていた。

中央部には、富士山に匹敵する高さ三〇〇〇～四〇〇〇メートル級の高山を数多く擁するオーエンスタンレー山系が東西に縦走し、南北を分断している。ブナと陸地越えの反対側で、豪州北東部に対しているのがポートモレスビーである。

「鳥海」と第六戦隊が七日早朝、カビエンを出撃したのは、ブナ輸送作戦を支援するためだった。

その後、輸送船団の上空護衛にあたることになっていた第五空襲部隊が、総力をあげてツラギ方面への攻撃に参加することになったので、三川指揮官は船団のブナ進入を一日遅らせた。

また、東部ニューギニア攻略部隊指揮官の松山光治第十八戦隊司令官は、当時、軽巡「天龍」に乗艦していたが、「天龍」が「鳥海」や第六戦隊とともにソロモン海域の敵艦隊を掃討するため出撃することになったので、攻略部隊指揮官を第八特別根拠地隊司令官である金沢正夫中将に変更した。

第八艦隊司令部は、ツラギ基地からの緊急電を受信して以来、敵来襲兵力を撃滅する作戦を練っていたが、とりあえず即時使用可能な「鳥海」と第六戦隊の重巡四隻に、軽巡の「夕張」「天龍」、駆逐艦「夕凪」をくわえた計八隻をもって襲撃部隊を編成し、ソロモン海域への出撃準備を急いだ。

ラバウル航空隊

第二十五航空戦隊の司令官でもある山田少将指揮下の第五空襲部隊は、七日にニューギニア東端のラビを攻撃する計画をもっていたので、その前日の六日にはラバウルに航空兵力を集中し、攻撃態勢をととのえていた。

また、七月十四日付けの連合艦隊兵力部署により、基地航空部隊に編入された第二航空隊の零戦三二型一五機、艦爆一六機は特設空母の「八幡丸」で輸送され、八月六日にはラバウルに到着していた。

ツラギ基地からの緊急電を受けた山田指揮官は、第八艦隊司令部と協議のうえ、在ラバウルの全航空兵力を挙げて攻撃することを決意し、〇六三五、次の作戦命令を発した。

一、本朝「ツラギ」ニ敵攻略部隊（戦艦、空母各一、巡洋艦三、駆逐艦一五、輸送船若干）現ワレ上陸中。

二、各隊ハ次ニヨリ全力ヲモッテ、コレヲ攻撃スベシ。

①第二部隊＝陸攻（爆撃）二七機、第一部隊＝零戦一八機。〇七三〇発進。

②第三部隊（二空）＝艦爆九機。準備デキシダイ発進。

③攻撃目標＝第二部隊ハ敵空母、輸送船。第三部隊ハ輸送船、上陸部隊。

三、「秋風」ハ速ヤカニ「ブカ」ニ進出、基地設営並ビニ不時着搭乗員ノ救助ニ任ズベシ。

この作戦命令のなかで、陸攻の攻撃法を爆撃と指定したのは、兵装を魚雷に転換する時間的な余裕がなく、ラビ攻撃のために準備した陸用爆弾のまま攻撃しようとするものであった。

また、陸攻隊を護衛する零戦は、ラバウルからツラギまで五六〇海里の距離を飛行しなければならないので、帰途に不時着の恐れがあるため、ブカ飛行場を準備し、使おうとするものである。ブカ飛行場は、英領植民地時代から小規模の飛行場があったが、軍用として整備されないままであった。

艦爆隊は航続距離の関係から、片道攻撃とした。情況がよければブカに不時着、やむをえない場合はショートランド付近の海上に不時着させ、搭乗員だけ救出しようとするものであった。このため、外南洋部隊の「追風」がラバウルを出港し、次いで二式大艇一機が派遣された。

〇七一〇、第五空襲部隊指揮官は、陸攻三機をもってラバウルの一〇〇度から一三〇度間の敵機動部隊索敵を命じるとともに、二式大艇一機の触接待機を下令した。また、零戦三二型に対しては、ラバウル上空の警戒を厳にし、とくに攻撃隊の出撃準備を援護するよう指示した。

これより先の〇六〇〇、山田第五空襲部隊指揮官は、ツラギ通信基地およびツラギ水上基地あてに「〇七〇〇陸攻二七、零戦一八、敵機動部隊攻撃ノタメ発進ノ予定、ナオ艦爆一六攻撃準備中」と打電した。

そのころ、基地航空部隊指揮官で第十一航空艦隊司令長官の塚原二四三中将は、テニアンで基地航空部隊を掌握していた。

塚原中将はツラギ通信基地からの緊急信に接し、〇六〇〇、第六空襲部隊指揮官に対して、テニアンにあった三沢航空隊の即時可動状態にある陸攻九機をいそぎラバウルに進出させ、第五空襲部隊指揮官の指揮下に入るよう命じた。次いで一〇〇〇には、三沢空全機のラバウル進出を下令した。

一方、〇六四〇、ラバウルの第五空襲部隊に全力攻撃を、また外南洋部隊に対しては、第五空襲部隊と協同して敵侵攻部隊を攻撃するよう下令した。

この外南東部隊にたいする命令は、七月十四日付け連合艦隊兵力部署に定められた「第四艦隊、第八艦隊担任区域方面に敵来襲の際は、要すれば第十一航空艦隊司令長官は第四艦隊、第八艦隊を統一指揮すべし」にもとづくものである。

司令部をテニアンにおく基地航空部隊の戦力配備は、第二十二航空戦隊が内地、二十四航戦がウエーク、ルオット、タロア、イミエジなど内南洋、二十五航戦がラバウルなど南東方面、二十六航戦がテニアンとサイパン、内地であった。なお、第二十一、二十三の両航空戦隊は南西方面艦隊に編入され、ラングーン、ケンダリー、クーパンなど南西アジア地区に展開していた。

基地航空部隊の主力である第十一航空艦隊の司令部では、敵情をどう分析していたのであろうか。敵の反攻地域では、ソロモン諸島方面の公算大とする点で第八艦隊司令部とおなじ判断であったが、その時期は十八年中期以降と、中央や連合艦隊の観測と共通し、第八艦隊よりやや遅い見方をしていた。

このため、敵のツラギ来襲は予想どおりの作戦線上にあり、時期的にみて本格反攻ではなく、飛行場破壊を目的としたものであろうとの見方と、輸送船団や支援艦船の規模から見て、これは本腰をいれた反攻であるとの対立した見方が交錯した。

そのいずれにしても、第十一航艦司令部としては、ツラギ方面の味方部隊救出を急ぐとともに、敵機動部隊を撃滅するチャンスであると判断した。

そして、第六空襲部隊をも投入して総力をあげた攻撃を実施する一方で、司令部をラバウルに前進させ、外南洋部隊もあわせ指揮することとして、七日〇八三〇、次のとおり通報した。

一、本職、本日以後ソロモン群島方面作戦ニ関シ、八艦隊ヲ合ワセ指揮ス。

二、本職、明日〇六〇〇サイパン発、将旗ヲ「ラバウル」ニ移揚ス。

GF司令部の決断

八月七日、連合艦隊司令部は、山本五十六司令長官、宇垣纒参謀長らが旗艦「大和」に乗艦し、瀬戸内海の柱島泊地にあった。同司令部はその日の早朝、呉軍港に回航する予定だったが、敵艦船部隊のツラギ来襲の緊急電を受け、回航を取りやめて対策を練った。

連合艦隊司令部は、敵来襲兵力が空母をふくむ約一コ師団規模の上陸兵力をともなうことから、最初から本格反攻と判断していた。宇垣参謀長の当日の日誌には、

「この敵は、まさに同方面に居すわりの腹にして思い切った主兵力を使用せり。……これを速やかにやっつけざれば、ポートモレスビー作戦どころか、ラバウルも奪回せんとし、同方面の作戦はいちじるしく不利となるをもって、インド洋方面を後回しにしても、まずこれを片づけることに全力を払うべし。それぞれ必要なる処置を講ず」

と、記述されている。

連合艦隊司令部は、ソロモン諸島方面を敵の主反攻路線の一つと想定してはいたが、反攻の時期は大本営海軍部とおなじく十八年秋以降と判断していたので、まさに藪《やぶ》から棒といった状態だった。

その一方で、半年前の二月一日、マーシャル諸島に来襲以来の敵の策動、ミッドウェー作戦の失敗など、これまで敵機動部隊の捕捉に苦心していたので、ツラギ方面に空母部隊をともなった敵艦船が侵攻し、陸上部隊を上陸させたことは、一挙に捕捉撃滅する絶好の機会であるとも考えた。この点は、十一航艦司令部と立場が共通していた。

海軍部の考え方も、これとおなじだったので、連合艦隊司令部はインド洋方面の通商破壊戦を中止し、第二艦隊、第三艦隊の動員可能な全兵力を集中して、敵機動部隊撃滅とツラギ方面奪回に出撃することにした。そして、連合艦隊司令部もトラックに進出する方針を決めた。

この間、連合艦隊司令長官は七日〇六五〇、南東方面に作戦中だった第三潜水戦隊に対し、ツラギ方面来襲の敵を攻撃するよう命じた。

第二艦隊の第五戦隊、第二水雷戦隊（第十五駆逐隊欠）、四水戦（第二駆逐隊欠）に対しては、最寄りの軍港に回航のうえ、南洋方面への出撃準備を完成するよう命じた。また、ナウル、オーシャン攻略のため、グアム島に待機していた南洋部隊の陸戦隊六一六人の外南洋部隊への編入を発令した。

連合艦隊司令部は海軍部に対し、陸軍兵力の投入を要望した。海軍部から陸軍の一木支隊約二四〇〇人を使う計画を知らされたが、同司令部はこれでは兵力が過少であると増員を望んだ。

これに対し海軍部から、「陸軍部はこの兵力で自信があるといっている」との説明があり、同司令部としては、陸軍がそういっているのならやむをえない、としぶしぶ了承した。しかし、不安が尾をひいた。

連合艦隊司令部は、敵部隊が上陸してもツラギには守備隊約七〇〇人、ガ島には同一二〇〇人と設営隊の作業員約二〇〇〇人がいるので、やすやすと奪取されることはないだろうと考えていた。また、基地航空部隊、外南洋部隊および第五空襲部隊などが、それぞれ有効な対策を講じていることも知っていた。

山本連合艦隊司令長官は八日〇二〇〇、今後とるべき作戦について、要旨次のとおり下令した。

一、連合艦隊はツラギ、ガダルカナル方面に来襲せる敵を撃滅するとともに、同方面を確保する。

二、外南洋部隊、内南洋部隊、基地航空部隊（南東方面部隊と総称）は、基地航空部隊指揮官これを指揮し、反覆敵を攻撃、かつブーゲンビル方面航空基地を整備確保、二十六航戦はすみやかにラバウル方面に進出。

三、本職、「大和」、第七駆逐隊、「春日丸」を率い、八月十八日ごろ内地発、南洋方面に進出の予定。

「鳥海」進撃

第八艦隊司令部が、八日〇二〇〇連合艦隊司令長官発令の「連合艦隊はツラギ、ガダルカナル方面に来襲せる敵を撃滅するとともに、同方面を確保する」以下の命令を受けとったのは、当日の一一一三だった。

そのころ、三川司令長官ら第八艦隊司令部では、砲撃による輸送船撃沈のむずかしさ、敵艦船部隊が空母を擁するため、攻撃後、六〇〇海里近い長途の引き揚げの困難にくわえ、敵の警戒兵力が味方兵力よりはるかに優勢であることから、我が方の損害が大となる恐れなどを考慮していた。

そこに訪れた第五空襲部隊の輸送船団潰滅の戦果と、連合艦隊司令長官の命令は、三川中将をしてガダルカナル泊地突入の決意を、いっそう揺るぎないものにさせた。

八日は前夜来の風がおさまり、海は凪ぎ、いつものように太くてまぶしい陽光が艦上のすみずみまで降りそそいだ。今日もまた、鋼鉄をとかすような暑さにみまわれている。空も海も鮮やかな青さである。

連合艦隊の機動部隊が真珠湾を攻撃し、在泊米艦艇を壊滅させてから、ちょうど八ヵ月目である。

「——海の男の生きがいは、沖の夕日に撃滅の……」

出撃第一夜に「鳥海」一五〇〇名の乗員が結んだ夢は、はたしてどのようなものであったのか？

同日、三川部隊はブーゲンビル島のキエタ、ブイン沖を右舷に見ながら、一五〇〇過ぎにはチョイセル島とベララベラ島の中間を通過し、コロンバンガラ島北東の沖合いに達しようとしていた。第六戦隊旗艦の「青葉」から、ガダルカナル泊地の薄暮偵察のため、複葉の水偵が発進した。部隊は二六ノットに増速して南下する。

第六戦隊の四艦は、造船学の権威である平賀譲海軍中将の設計になる日本海軍初の近代的重巡洋艦群で、排水量八〇〇〇トン、主砲は二〇センチ連装三基で六門、搭載機は各二機である。

「鳥海」の設計は、僚艦の「愛宕」「高雄」「摩耶」とおなじく平賀博士にかわる藤本喜久雄造船大佐で、第六戦隊とおなじ重巡仲間であるものの、排水量は一万三〇〇〇トンを超え、主砲は二〇センチ連装五基一〇門、搭載機三機と、重量、兵装とも「青葉」型をはるかに上まわる。乗員も、五割がた多い。また、昭和七年就役だから、日本の重巡群のなかでは、もっとも艦歴の新しい艦のひとつである。

水上機の射出音は、主砲の斉射音より小さいが、魚雷の発射音よりは大きい。鼓膜を突きさす油圧の射出音と、嗅覚をあらす燃料と火薬の燃焼臭につづいて、エンジンの全開にいたる轟音。整備員らカタパルト周辺の乗員は耳栓をはずすと、いっせいに帽子を振り、ガソリンの尾を引いて飛びたつ自艦機を見送る。

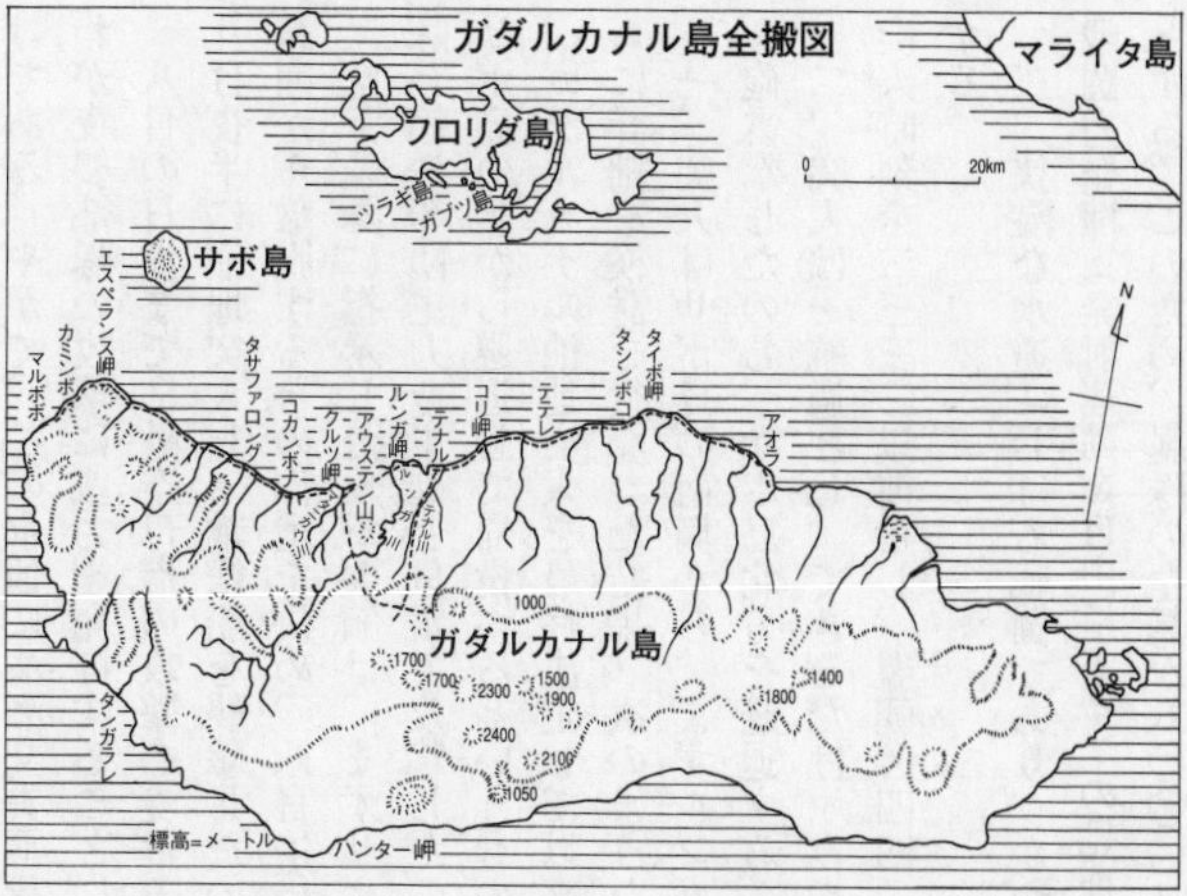

こんな光景は、水上機を搭載している軍艦なら、どこでも見られるところである。「青葉」の水偵発進の情景も、このとおりであった。

この日、すでに二機を発進させている「鳥海」の艦上でも、こういった光景が繰りかえされた。やや異なっているのは、「鳥海」には報道班員が乗っており、彼らが乗員にまじって帽子やハンケチを振り、カメラのシャッターをきったり、撮影機をまわしていることである。いずれも海軍省の許可を受け、新聞紙上を飾ることになるのであろう。

水上機の発進は、カタパルトからの射出でも、海上からの離水でも、絵になる光景である。それは主砲、魚雷の発射や、爆雷の投射には見られない独特のものである。とくに報道班員には、もの珍しさも手伝うから、なおさらであろう。

いま「鳥海」が搭載しているのは、格納庫で整備作業がすすめられている九四式水偵一機だけである。やがて、この水偵に清瀬文夫飛行長が搭乗し、敵のガダルカナル泊地を照明して、わが夜襲部隊の攻撃に威力を発揮することになる。

八日の日没までに敵空母機の攻撃を受ける危険はないと判断した三川司令長官と幕僚は、八日夜半に泊地突入し、敵艦船を襲撃したのち、九日の夜が明けないうちに敵空母機の攻撃範囲から離脱するとの作戦を決め、八日午後、ガダルカナル海域に向けて針路をとった。

麾下艦隊に指示した攻撃要領は、まずサボ島南方から進入して、ガダルカナル泊地の敵艦隊と輸送船団主力を主砲と魚雷で攻撃したのち、針路を左に転じてツラギ泊地の艦船を襲撃、サボ島の北から避退して帰投するというものであった。

ガダルカナル泊地突入を最終決定して以来、第八艦隊司令部は来るべき夜戦にそなえ、さらに詳細な検討を行なった結果、次のような戦闘要領を決めた。

一、突入はサボ島の南側から、まずルンガ沖の主敵を雷撃して左に転じ、ツラギ前方の敵を砲雷撃したのち、サボ島北方を避退する。

二、突入は一航過とし、できるだけすみやかに敵空母の攻撃圏から離脱する。このため、突入時刻を二三三〇以前とし、翌朝〇四四〇の日出時には、サボ島の一二〇海里圏外に離脱する。

三、狭隘な水道における戦闘であり、かつ〝烏合の衆〟でもあるので、混乱の防止、個艦戦闘力発揮（発射運動を自由にする）の見地から、各艦の距離を一二〇〇メートルの単縦陣とする。このため、艦隊の全長が八〇〇〇メートルを超え、運動性を削減することになるが、やむをえない。反転突入はまったく考慮しなかった。
四、使用速力は射撃・雷撃の見地および避退時の高速使用による燃料消費量を考えて二六ノットとし、混乱防止のため、途中の変速は行なわない。
五、水偵をガダルカナル泊地に三機、ツラギ港外に一機を進出させ、吊光弾による背景照明を実施させる。水偵は海上から発進させ、ショートランドに帰投させる。

第八艦隊司令部は一四二五、麾下部隊にたいし、雷撃戦にそなえて魚雷の調定深度四メートル、距離一万メートル付近でも到着するよう指示した。また、右舷からの発射が多いことが予想されるため、予備の魚雷はすべて右舷側に移動させた。

一四四二、外南洋部隊指揮官はガダルカナル泊地突入に関し、次のように信号で下命した。

『本作戦中、索敵配備突入序列に関し、次のとおり定む。
一、夜間索敵配備＝第六戦隊は「鳥海」の後方一〇〇〇メートルに続行、前衛は「鳥海」の前方三〇〇〇メートルにおいて左側列に「天龍」「夕凪」、右側列に「夕張」とす。間隔六〇〇〇メートル。
二、突入発令前、敵哨戒艦と会敵の際、前衛は極力これを阻止し、主隊は脱過南下す。
三、突入時の隊形は単縦陣で、「鳥海」、第六戦隊、「天龍」「夕張」「夕凪」の順とし、開距離は一〇〇〇メートル。
四、突入はサボ島南方より、まずガダルカナル基地前面の敵艦船を雷撃したるのち、取舵にて反転、ツラギ前面の敵を砲雷撃し、サボ島北方より避退す。砲雷撃の実施要領は各指揮官の所信に一任す。
五、味方識別のため、両舷檣桁に直径一メートル（駆逐艦は〇・六メートル）、長さ七メートル（同五メートル）の白色吹き流しを揚ぐ。
六、突入時の速力は二四ノットを予定す』

戦機熟す

一五一五、右舷前方にマストを発見した。三川部隊は一時、左に回避したが、これは不時着搭乗員の収容配備についていた飛行艇母艦「秋津洲」であることがわかったので、もとの針路に戻した。

海は小波こそ打ちよせているが、今は南風の吹く湖のような静けさで、風流人なら一句浮かびそうな情緒をたたえている。上甲板で海に見惚れていた河原上水は、「鳥海」がマレー海域を担当する南遣艦隊旗艦であった半年ほど前、檜騎兵で有名なベンガル湾を強襲した日のことや、インドのマドラス近くまで遠征した時の思い出をたぐりよせていた。

そのときは日中だったが、インド洋は小波《さざなみ》のささやきが聞こえるほど静かな海だった。「煙も見えず雲もなく……」あの時は黄海は、今日のような海であったのであろうと河原は考える。

いつものとおり一六〇〇に夕食をすませ、灯火管制のため若い兵隊が舷窓を閉め、それに蓋をかぶせる作業に取り組んでいた。舷窓を通じての外気の採り入れができなくなる。送風機が動きだし、自然給気が強制換気となり、天井の通風口から新しい空気が送りこまれる。

日没は一六三〇である。太陽が沈むのを待って、一昨日、ラバウルで補給したばかりの航空機、魚雷、内火艇用燃料など、燃えやすいものや、爆雷などの爆発物を海上投棄した。交戦による被弾、被雷の二次災害を避けるため、帰還に必要な最低限度のガソリン類を残して捨てたのである。また、弾火薬庫張水《ちょうすい》基弁を開き、火災や誘爆の防止を期した。

飛行科の整備兵が、舷側にかたむけた石油缶の端から流れ落ちる透明な液体を、いかにももったいないといった表情で見つめていた。「ガソリン一滴、血の一滴」である。血の一滴、一滴は銀色であり、紫色であり、青色だった。海面に浮かんだ軽油は、薄暗い海面でも肉眼ではっきりとわかる。

ハンドレールを手にして身体をささえ、直下の海面をのぞきこんでいる数十人の兵がいた。薄墨の海面は牡丹《ぼたん》を描き、唐獅子《からじし》に拡散し、いくつもの紫陽花《あじさい》を咲かせながら、艦側のたてる波飛沫にのって艦尾へとただよっていく。

それを追うかのように、それとたわむれるかのように、いくつもの黒い爆雷が浮きつ沈みつを繰りかえしながら、舷側を遠く離れながら、しだいに海中に没していく。左舷側には空になったガソリン缶がならんでいる。空缶は貴重である。雨水の貯水にもなるし、洗濯にも使える。もちろんゴミ箱にもなる。数人の下士官兵が、それを手にして居住区に消えた。空缶は三〇を超えていた。水平線周辺には、まだ残光があった。

はるか右前方の上空に、薄い黒布をたらしたような雨雲の幕が見える。スコールに見舞われているのであろう。スコール雲は艦隊の方に近づいてくる。乗員は、この分ではひと風呂浴びられるかもしれないと期待する。

外南洋部隊指揮官は二二〇〇以降、全力即時待機、襲撃後の避退針路はおおむね三〇〇度、「鳥海」の翌朝〇四三〇の位置をサボ島の三〇五度、九〇海里の予定と下令した。

次いで同指揮官は一六四二、次のとおり激励の信号を発した。

『帝国海軍の伝統たる夜戦において、必勝を期し突入せんとす。各員冷静沈着、克《よ》くその全力を尽すべし』

一七〇〇、いつものように時鐘番兵の打ち鳴らす鐘が、出撃二日目に訪れた宵闇をふるわせて消える。すでに三川指揮官の信令は、部隊全艦に了解された。

三川指揮官はさらに、旗艦「鳥海」にZ旗の掲揚を命じた。早川幹夫艦長から、航海長、掌信号長を通じて前檣にZ旗が昇る。

信号旗の昇降は、旗旒甲板と呼ばれている前檣基部のひらけた場所で操作される。そこは艦橋の背後で、上甲板より一層上にある。近くには機銃座があり、すこし離れた両舷側には、それぞれ高角砲陣地がひかえていた。

Z旗は明治三十八年、バルチック艦隊を対馬沖に迎え、東郷平八郎提督が旗艦「三笠」の檣上に掲げた日露戦争以来、ゆかりの旗である。

警戒見張員が艦橋や高角砲甲板のそこかしこに散り、望遠鏡や双眼鏡をのぞきこんで敵潜哨戒にあたる。主砲をはじめ、高角砲、機銃も戦闘準備を終えていた。両舷に二基ずつ配置された口径六一センチ連装魚雷発射管が、艦首と直角に海へ突きだしていた。海戦の絵や艦隊の写真などでよく見る情景である。

機関科員の主力は主砲塔内に待機する。檣楼型艦橋の前に三基六門、後甲板に二基四門配置された砲塔のなかでは、それぞれ信管つき徹甲弾の装塡《そうてん》を終えた戦闘服の下士官兵が配置についている。

砲塔内にたむろしている十余人の兵員は、長袖、長ズボンの事業服の上下に肩から防毒マスクをかけ、脚絆《きやはん》をまいている。顎紐をかけた戦闘帽の上から鉢巻を締め、左上腕に手拭をまくなど、身づくろいのものものしさのわりに、雑談にふけったり、雑誌を呼んだり、なかには仮眠をとる者もいるといったぐあいに、嵐の前のくつろぎがうかがえる。

機関科員がはたらく下甲板の缶室や機械室になると、砲塔内の状況とはだいぶ違う。ここは高温高熱、高騒音の配置なので、臨戦体制下でも上半身は襦袢《じゆばん》だけの者が多く、きちんと戦闘服に身づくろいしているのは、冷房のある指揮室にいる士官と、古参下士官ぐらいであった。

これでは交戦時と、その後の最悪の場合にそなえた清潔な下着も、だいなしになっているに違いない。缶室には飲用冷却水の給水器があり、近くには湯呑みいっぱいの塩も添えられて、傍《そば》の大きな薬缶《やかん》は表面に水滴をたたえていた。高熱重筋力作業にともない発汗が激しいので、塩と水分の補給が欠かせない。舷窓を強風と雨がたたく。スコールが旗艦「鳥海」の艦上を、そして後続の艦隊各艦の甲板を洗う。ふだんなら、その雨足の速さに驚き、ついで真水の補給になると歓迎する気になるスコールも、今は三川部隊の壮途を祝福する行進曲さながらであった。帽子、事業服、襦袢から袴下《こした》、褌にいたるまで、それぞれ自分の持ち物のなかでももっとも清潔なものに着替え、体も真水で洗っておいた。すでに身のまわりの品物も、繰りかえし整理してある。何時でも心残りなく死地につけるような気がした。お守りや写真を上着の胸ポケットに入れている兵がいた。なかには、上陸札を突っこんでいたりする。

　これは儀式である。一方で自分が死ぬ、この肉体が裂けてしまう、などということは考えられないとの思いこみもあった。

　このとき、「鳥海」をはじめとする重巡艦隊が、一斉に蛇行運動の舵を取り、左舷側が大きくかしいだので、食器類など軽量の品物が食卓上を滑りだし、通路を歩いている兵員のなかには足をとられる者もいた。

　ふだんなら食卓をかこんでにぎやかな話し声の聞こえる兵員居住区も、今は臨戦体制下、足手まといになりそうなものはすべて片隅に片づけられている。兵隊の数もまばらなので、声をだせば壁に反射し、こだまとなってはね返ってきそうなほど静かだった。

一七二〇、三川部隊は再度二六ノットに増速した。そして一七四三、夜間索敵配備をととのえた。

会敵海域が近づいてきた。艦内時計が二〇四五を指している。一週間巻きのこの耐震時計は、ゆっくり回転するドラムがチェーンを巻きとり、針を動かす仕組みなので、砲雷撃の衝撃で時針、秒針が止まったり、飛んだりすることはない。もちろん、振り子はついていない。

左舷側に小さな島影が、また見えてきた。あたりは樹海の底のような静けさ。耳をすますと、海水をふくんだ風の音にまじり、ピッピッ、ビリビリと厚衣を切り裂くような戦闘旗の雄叫《おたけ》びが聞こえてくる。空には月も、星もない。黒、黒、黒の連続で、空も海も黒一色だ。

その漆黒の世界にあって、艦首から舷側にかけて割れて砕ける波と、スクリューによって渦をわきたたせる艦尾の銀色の航跡があざやかに尾を引く。すでにスコールはすっかりおさまって、冷たく重い夜気が艦体をつつんでいる。

短い時間ながら、食事は緊張をやわらげる。主計兵が戦闘夜食として、コーヒーと乾パン、それにミカンやパイナップルの缶詰を各戦闘配置に配給していったので、しばらく話がはずんだ。薄暗い灯火の下で、涼しい目とやわらかな表情がもどる。

右手に持った乾パンを噛りながら、左手でコーヒーの容器をかたむけて口のなかに流しこむ。コーヒーが腹におさまった順に、気ままな話題が飛びだす。

「おい、睾丸がちゃんとあるかどうか探ってみろ。袋がだらんと垂れていれば、死ぬようなことはないぜ」

「恋人に何か言付《ことづ》てでもある者は、今のうちに俺に頼んでおけよ。俺は絶対に死なないんだから……」

「なんだ、お前、いやに影が薄いぞっ。大丈夫か?」

間もなく砲弾が飛びだし、魚雷が発射される。そういう状況下の男世帯だけに、好き勝手な会話が四散する。敵弾が艦体を、そして彼らの頭上を襲うかも知れないとの想定を思いめぐらす下士官兵は、ほとんどいなかった。

腹がふくれると、誰からともなく、空所に適当な板類をならべ、戦闘服のまま横になりだした。会戦は二三〇〇頃になる見込みであったので、その三十分前までの時間は休息にあて、英気を養おうとの心づもりなのであろう。

二一〇〇~二一一三の間に、照明隊の水上偵察機三機を海上から発進させた。発進地点は、ルッセル島北西三五海里である。

敵泊地上空から吊光投弾などを落として、艦船部隊の背景照明にあたる水偵三機は、外南洋部隊の信令どおり、ガダルカナル泊地に「鳥海」「青葉」機、ツラギ泊地に「加古」機が向かった。照明隊指揮官は「鳥海」飛行長の清瀬文夫大尉で、参加機はいずれも九四式水偵だった。

上空は荒れ模様で、先行した「鳥海」機を追う「青葉」「加古」の照明隊三機は、ときおり襲うスコールに悩まされながら南下した。当初、ガダルカナル隊三番機に予定された「古鷹」機は、故障のため参加できなかった。

この夜襲作戦は、ほぼパーフェクトな勝利をおさめ、後日、S・E・モリソンをして、その著書『ガダルカナル争奪戦』のなかで、「アメリカ海軍が、これまで経験したことのある最悪の敗戦の一つである」と嘆かせることになるが、その完勝を演出した大きな要素となったものに、第八艦隊艦載機群との海空一体の協同作戦があった。

第八艦隊司令部は敵泊地突入にあたり、前に触れたように、攻撃開始の直前に艦載の水上偵察機をして敵艦船の背後に吊光弾を投下させ、敵艦船を照明で浮きぼりにし、味方部隊の位置を露呈することなく、砲雷撃の命中精度をあげるとの戦闘要領を示した。

これにもとづき、外南洋部隊は照明隊にかかわる具体的方針を、信号により各艦に伝えた。

主な内容は、照明隊は二隊にわけ、ガダルカナル隊は一番機「鳥海」、二番機「青葉」、三番機「古鷹」の水偵計三機、ツラギ隊は「加古」機とする。ガダルカナル照明隊は司令部からの命令により、敵艦船在泊海岸線上のなるべく東寄りに、吊光弾五〜六コを反復投下する。二、三番機は、令なくして一番機にならい投下する。高度差は下へ二〇〇メートル。またツラギ隊は、別令により照明を開始する。照明前は極力行動を秘匿し、攻撃後は効果の確認につとめよ――となっていた。

ラバウル出撃時に各艦が搭載していたのは、旗艦「鳥海」が二座の零式水上観測機二機、三座の九四式水上偵察機一機の計三機、「青葉」以下第六戦隊の四艦はそれぞれ三座の零式水偵と、九四式水偵を一機であった。

八日は、水偵がフル回転した。早朝の艦載水偵四機による敵泊地偵察につづいて、一四一二に「青葉」機が発進した。薄暮の敵情報告が三川部隊に届くと、間もなく日が暮れた。

そのころ、米豪連合軍側は日本軍艦艇の泊地突入をふせぐため、夜間警戒配備をとり、サボ島の南と東、ツラギの東側に、それぞれ警戒部隊を配置するとともに、サボ島海域警戒部隊の前面に哨戒駆逐艦を配していた。

「鳥海」の上甲板中部に位置する格納庫周辺が、ほんのりと明るく、人影が多い。起重機がエンジンをかけたままの水上機を、海上にゆっくりと降ろしている。宙吊りの状態のまま、機上の操縦員、偵察員と舷側の飛行科員とが、両手をつかって合図をしたり、怒鳴り声で会話を交わしている。懐中電灯の赤い光が交差する。

水偵の二つの浮舟が着水すると同時に、機体を吊っていたフックがはずれた。エンジン全開の水上機は、しばらく「鳥海」とならんで海上を滑走していたが、やがて轟音とレール状につづく白波を残して離水した。時に二一〇〇、期せずして艦上から拍手とどよめきが起きた。

見送りの飛行科員らは、尾灯のような水上機の排気火焔が見えなくなるまで、舷側にたたずんでいた。

「戦闘用意」

「鳥海」の艦尾に立って見ると、スクリューが海水を切りきざみ、時に高く噴水して飛沫の花を散らす。闇の世界に白銀の航跡だけが、視野いっぱいにくっきり蛇行してつづいている。

舷側のそこかしこに、望遠鏡や双眼鏡をのぞく哨戒員の姿が見える。白い事業服に脚絆を巻き締め、戦闘帽の下には「必勝」と朱書きした手拭いを幅広く鉢巻きにしている。「潜水艦に対する見張りを厳重にせよ」との副長の指示もあった。

二一二〇、突入隊形を形成するため、単縦陣とした。このころから一時、スコールに見舞われたが、視界はおおむね良好だった。

二一四〇ごろから、前方のツラギ泊地上空が真紅に映えているのが認められた。この火焔は、米貨物船ジョージ・F・エリオット号の火災であった。

二二〇七、サボ島の島影を認めた。

二二三七、照明隊として先行した「鳥海」一号機が、

「敵巡洋艦三隻、サボ島の一四〇度、八海里、針路二九〇度、速力一八ノット」と通報した。

清瀬大尉指揮のガダルカナル泊地照明隊は、乱気流をついて二三〇〇、サボ島上空を通過している。

しばらくして、眼下の海上に敵艦船の航跡を認めたので、触接をはじめたところ、サボ島南方で北西に向けて航行中の巡洋艦らしい三隻を発見したのである。

このころ泊地にあった連合軍側艦船は、サボ島前方に展開する哨戒駆逐艦が上空通過中の水上機を発見して、艦隊各艦に警報を打電した。しかし、警報を受信したのは一部の艦船にとどまり、受信できたそれらの艦も警報を無視した。

また、飛行機の排気の火焔である灯火を視認した艦船もあったが、これを味方飛行機のも

のと誤認して、艦隊としてのまとまった警戒態勢をとることはしなかった。

三川部隊はついていた。敵も味方も三川部隊に加勢した。

清瀬隊は二二三〇に、ガダルカナル泊地上空に到達した。清瀬飛行長は泊地におよそ二〇の灯火と、二〇隻前後の輸送船が二列になって停泊し、これら船団の東端には巡洋艦ないし駆逐艦三、四隻が投錨しているのを確認した。

清瀬隊はただちに艦隊司令部あてに報告したのち、二二四五にいったん避退して、ガダルカナル島西部上空の雲上で待機した。

二三一五、ふたたび泊地に進入し、船団上空を通過して、指定地点である船団の東端に待機した。

待機中、天候がさらに悪化したので、高度を七〇〇メートルに下げたが、敵艦船は日本水偵機を発見できないらしく、反応をみせなかった。

「鳥海」の艦内時計は、二二三〇を指している。だが、まだ「配置につけ」のラッパはない。これは後刻、判明したことであるが、敵部隊と遭遇する時刻が予定時刻よりも遅れたので、早川艦長の乗員の疲れをすこしでも多くいやしてやりたい、との親心によるものであった。

二二三七、「配置につけ」のラッパが鳴り、同時に艦内放送された。七分、四二〇秒の延長にすぎないが、乗員には貴重な時間だった。

砲雷撃による激震にそなえ、食器、ウォッシュタップ、手箱、時計類はすべて耐震の安全な場所に収納された。また、砲煙や毒ガス対策として、通風筒、給排気口も密閉された。

通路を駆け足で走り去る者、ラッタルを二段ずつ駆けのぼる兵、ひとしきりあわただしかった靴音が消える。戦闘配置についた者から順に、左手に応急用の手拭いを巻きつける。防毒マスクを装着している兵もいる。艦内は防御区画ごとに、ハッチが厳重に締められた。

二二四〇、三川指揮官は「戦闘用意」を指示し、「鳥海」以下の各艦は夜戦にそなえるすべての準備をととのえた。

八月七〜八日の日本軍の空襲による連合軍側の被害は、第五空襲部隊の報告より軽微だった。しかし、この空襲によって貨物船が長時間、泊地に停泊することができなかったため、物資、資材の揚陸が遅れ、重大問題化しつつあった。

八日夕刻までに積荷の二五パーセントしか揚陸できなかった船もあった。このため、輸送船団はすくなくとも、あと二日間は泊地にとどまる必要があった。

一方、七日以降、水陸両用部隊の支援にあたってきた米空母部隊指揮官は、八日一六〇七、航空機全部を収容のうえ、南太平洋部隊指揮官に対し、空母の引き揚げを要請した。

「戦闘機は九九機から七八機に減少した。この方面の日本軍雷・爆撃機はきわめて優勢なることからして、空母部隊の即時引き揚げを要請する。燃料も欠乏しつつあるので、油槽船を早急に手配ありたし」

というものであった。

空母引き揚げ時期については、七月二十六日、遠征部隊がフィジー諸島に集合して作戦の打ち合わせをしたさい、空母部隊指揮官と現地作戦部隊指揮官をかねていたフレッチャー中将が、二日間以上は支援距離内にとどまらないと言明していた。

このとき水陸両用部隊指揮官は、四日以内に兵員、機材の揚陸を終えることは困難なので、全期間の支援を望みたいと主張した。両者は妥協に達することができず、未解決のままになっていた。サンゴ海海戦でレキシントン、ミッドウェー海戦ではヨークタウンを失った米空母部隊は、これ以上の危険をおかしたくなかったのである。

引き揚げ要請を行なったころ、米空母部隊はサボ島から一二〇海里離れたサンクリストバル島北西端沖にあったが、その回答を待たずに南下した。その後、南太平洋部隊指揮官ゴームレー中将は、米空母部隊指揮官の要請を受けいれた。

水陸両用部隊指揮官ターナー少将は、空母引き揚げ要請の報をうけ、すでに警戒配備についていた警戒部隊、上陸部隊両指揮官を旗艦に招いて善後策を協議した。物資、資材の揚陸は遅れていたし、ロッキード哨戒機からの情報を分析した結果、九日以降、レカタに進出が想定される日本軍基地航空隊の大型爆撃機による襲撃をうける見通しが濃くなったからである。

この協議によって、輸送船団は緊急を要する物件の陸揚げは八日夜のうちに終えたのち、翌朝、離脱させることに意見が一致した。

ガダルカナル泊地やツラギ港外の船団を、日本軍の水上艦艇や潜水艦の攻撃から守るには、サボ島とガ島間の南方水路約七海里、サボ島とフロリダ島間の北方水路約一三海里、およびツラギ東方のフロリダ島とガダルカナル間の東方水路（シーラーク水道とレンゴ水道）の計三ヵ所を警戒する必要があった。

このため、警戒部隊指揮官クラッチレー少将は、八日の夜戦配備を次のように決めた。

▼南方部隊（南方水路の警戒、指揮官クラッチレー少将）

豪重巡オーストラリア、キャンベラ、米重巡シカゴ、米駆逐艦パターソン、バークレー

ただし八日一八三二、水陸両用部隊指揮官がクラッチレー警戒部隊指揮官を招いたため、警戒部隊指揮官は旗艦オーストラリアに乗艦のまま警戒配備を撤し、オーストラリアはルンガ岬付近に停泊していた。

▼北方部隊（北方水路の警戒、指揮官ヴィンセンス艦長）

米重巡ヴィンセンス、クインシー、アストリア、米駆逐艦ヘルム、ウイルソン

▼東方部隊（東方水路の警戒、指揮官スコット少将）

米軽巡サン・ジュアン、豪軽巡ホバート、米駆逐艦モンセン、ブキャナン

このほか、早期警戒の目的で米駆逐艦ブルー、ラルフ・タルボットの二艦がサボ島の北西海面に配備され、南北両水道の前程警戒にあたっていた。

米輸送船団は、ルンガ泊地とツラギ港外泊地に分泊して荷役作業をつづけており、駆逐艦、掃海艇の一部が、これらの直接警戒にあたっていた。

三川部隊は後刻、連合軍の南方、北方の警戒部隊各艦や、ブルー、ラルフ・タルボットと交戦することになる。

なお、日本軍側は米空母部隊の引き揚げをまったく気づかず、七日に空襲をうけて以来、ハンター岬見張所のほか、その所在さえつかんでいなかった。

浮かびでた敵艦隊

三川部隊は全艦戦闘準備を完整し、突入隊形をととのえ、針路一四〇度、速力二六ノットでサボ島南方水道に向かっている。

二二四三、「鳥海」は二〇〇度方向、約九〇〇〇メートルに艦影を認めた。ただちに「戦闘」を下令、いつでも攻撃できる態勢をとりつつ、これを回避するため、二二四六、左に約二〇度変針した。

三川指揮官は、サボ島の北方水道から進入する旨、隊内無線電話で各艦に通知した。無線電話の到達距離は、ほぼ視界範囲内である。無線通信とちがって、まず敵艦に傍受される恐れはない。まだ「無線封止」は解除されていなかった。

二二五〇、一四四度方向に、さらに同航の駆逐艦一隻を認めた。三川部隊は右に変針して、回避した。七分前に発見した駆逐艦は反航態勢となり、魚雷発射の態勢をとるかと見られたが、間もなく反転して離脱した。

幸運にも二隻の駆逐艦に発見されることなく、哨戒線を突破できたのである。

二三〇八、三川指揮官は、「南水道より入る」旨を伝え、計画にしたがって、サボ島南岸沿いに南水道へと、さらに進んだ。

二三二六、同指揮官は「単独指揮」を令した。単独指揮とは、各艦ごとに独立して、艦長が戦闘指揮することである。

二三三一、同指揮官はサボ島南方で、ついに「全軍突撃せよ」の令をくだした。

二三三三、同指揮官は照明隊に、「照明用意」を下令した。清瀬飛行長は、ただちに整備完了を報告する。

二三四〇、「照明開始」を下令。照明隊は間髪をいれず、吊光投弾二型、着水照明炬、照明弾を、つぎつぎに船団泊地の上空陸地寄りに投下した。

吊光投弾二型は重量二・三キロ、光度二四・五万燭光《しょっこう》、持続時間一分三〇秒、着水照明炬は各二・七キロ、三万燭光、一分二〇秒、照明弾は各三六キロ、一〇〇万燭光、三分四〇秒である。これにより、船団の背後は昼間のような明るさになり、船団を浮かびあがらせた。

落下傘をつけた吊光投弾が、ゆっくり、ゆっくり、クリスマスツリーを見るように降ってくる。敵艦隊や輸送船団の背後は、はじめ瞬間的に明るくなり、しばらくして真昼のような明るさをたもった。

敵艦船部隊は今、白日のもとにさらされたのである。

それを戦闘配置についている兵員をのぞく大方の者が、艦橋で、旗旒甲板で、格納庫甲板などで見物していた。

無知は大胆に通じる。開戦以来、マレー沖で、またインド洋で、連戦連勝、破竹の進撃をつづけていた「鳥海」乗員は、戦争の怖さを知らない。「青葉」以下の第六戦隊各艦の乗員も、それは大同小異だった。若年の兵、士官、老練の下士官・兵も、ショーとして見る立場で共通していた。

敵艦船数十隻が集まっている泊地の中央を、重巡洋艦五隻を主力とする高速強襲部隊が砲雷撃戦を展開するのだ。過去、日清・日露戦役で水雷艇、駆逐艦など、小型艦艇による夜襲例は何回かあったが、排水量一万トン強の重巡艦隊による突撃戦闘は前例をみない。

「鳥海」乗員にとっては、その画期的な夜戦に、長官旗艦として参加できるという栄与と感激があった。

〝歴戦の勇士〟は存在しない、との逆説がある。戦闘の経験を積み、それが激しいものであればあるほど、生命を惜しむようになる。砲煙弾雨の戦いを生き抜いてきた経験を、いたずらに散らせたくない、という思いこみである。それが初めての戦いだと、蛇におびえぬ盲人と同様になるというわけだ。

旗艦「鳥海」以下の夜襲部隊乗員の心理は、大方がそのようなものであろう。彼らのうち、露天甲板で観戦していた下士官・兵が、目をこらしている暗夜の彼方上空に、まず認めたのは「鳥海」機の吊光投弾だった。

四つの照明がゆっくり、一定の間隔をおいて下降していった。この夜に投下したのは、「鳥海」機が吊光投弾一五コ、着水照明炬一〇コ、「青葉」機が照明弾二コと吊光弾数コであった。

この照明作戦が、味方に勝利の女神を呼びよせた。輸送船団から約一六海里離れ、サボ島の南東方向にあった敵戦闘艦隊が、真昼もどきの背景照明で浮かびあがり、三川部隊は緒戦において探照灯を使うことなく、したがって自らの位置を敵に曝《さら》すことなしに、砲雷同時戦を実施できたのである。

途中でガダルカナル照明隊と別れ、ただ一機でツラギ泊地に向かった「加古」機は、二一五〇、船団上空に到達した。重巡一、駆逐艦三、輸送船一〇隻の在泊しているのが認められた。

「加古」機はツラギ泊地南東端付近に待機し、味方の夜襲部隊の到着するのを待った。二三五〇ごろから夜襲部隊の二〇センチ主砲が火を吐き、ガダルカナル在泊の敵艦群が火焰につつまれ、走りまわっているのを望見できた。奇襲攻撃は成功したものと、「加古」機は直感した。

「照明開始」の命令は、なかなか出ない。すでに九日にはいって一〇分以上経過した。燃料切れの心配もあり、じりじりして待つうちに、〇〇一五過ぎには戦闘が一段落したように見うけられた。

「照明開始」の令はなかったが、「加古」機はやむをえず、高度二〇〇〇メートルからツラギ泊地の輸送船団上空に積んでいた吊光投弾、照明弾のすべてを投下して、敵船団の所在を明らかにした。

しかし、夜襲部隊はツラギ泊地には進出していなかった。この照明は、輸送船団をあわてふためかせたにすぎなかった。

ガダルカナル泊地への照明作戦を成功させた「鳥海」機は、吊光投弾など全弾投下後もなお、戦果確認のためサボ島付近の上空を飛びつづけていた。

九日〇〇三〇、敵艦から二斉射約二〇発の照射砲撃をうけたが、幸い弾は炸裂せず、被害はなかった。

〇〇四〇、「基地に帰れ」の令により、照明隊は九日〇四〇〇、ショートランドに帰投した。

八日深夜に発艦以来、じつに七時間におよぶ夜間飛行であった。この夜のガダルカナル島方面は激しい雷雨があり、悪気流によって照明隊の飛行機は数百メートルも上昇下降をくりかえして、高度計、速力計の指針もあてにならない状態だった。

艦載水上機の操縦は、陸上機はもとより、母艦機にくらべても高度の技術を要求される。艦側のカタパルト上から射出されて発進し、任務が終われば艦の近くに浮舟をつかって着水し、起重機の動作範囲まで滑走により近づいて収容される。

清瀬「鳥海」飛行長以下の各機搭乗員は、訓練の成果を遺憾なく発揮し、悪天候や対空砲火を克服して、任務を遂行したのであった。

後世の史家は、夜襲海上部隊が当初の計画どおりにツラギの輸送船団泊地に突入し、船団を砲雷撃していたとすれば、照明隊のはたした役割はさらに輝やかしいものになっていたであろうと惜しむ。

第一次ソロモン海戦

「全軍突撃せよ」の通信略語は、トの連続、つまり「ト、ト、ト、ト」である。モールス符号のトは、「・・―・・」、つまり短符二つ、長符、短符二つと打つ。これを通信科員のなかには、合調音の「トクトーセキ（特等席）」と覚えている者もいた。胸のときめく信号である。時に「鳥海」の針路一二〇度、速力二六ノット、天候は曇、やや濛気《もうき》あり、風向は東南東、風速五メートル、海上は平穏、視界一〇キロメートルだった。

「鳥海」は連続変針して敵哨戒艦を避けたのち、三川指揮官は、敵情やみずからの決意を変更のつど無線電話で部隊に通報した。しかし、使用通信系が第六戦隊の四艦までに限られていたので、「天龍」「夕張」「夕凪」には情況がまったくわからず、「天龍」以下の三艦は第六戦隊の後につづくばかりだった。

ここで戦後、明らかになった米軍側資料により、三川部隊とすれちがった米駆逐艦二隻の哨戒記録を追ってみよう。

「鳥海」など夜襲部隊が最初に遭遇したのがブルー、その次がラルフ・タルボットである。ブルーは南水道、ラルフ・タルボットは北水道の約八海里前方を、それぞれ水道をカバーするかたちで哨戒していた。

この両艦は旧式の捜索用レーダーをそなえ、気象条件のよいときは約一〇海里範囲の探知が可能だったが、その夜は哨区付近に陸地があったので、探知能力は落ちていた。また、両艦の乗員は、すでに三六時間以上も戦闘配置についたままで疲れきっていたためか、日本軍の夜襲部隊を発見できなかった。しかし、照明隊の水偵は認めていた。

二一四五ごろ、ラルフ・タルボットは水偵を発見し、「警戒、サボ島上空に飛行機、針路東」の警報を発している。この警報はくりかえし送信されたが、わずか二〇海里しか離れていない水陸両用部隊指揮官には届かなかった。

ラルフ・タルボットの警報を受信した僚艦のブルーも、水偵を探知して警報を発したが、受信したのは一部の艦船にとどまった。しかも、警報を受信して飛行機を認めた艦船でさえ、その通信のもつ重要、かつ緊急性を認識していなかった。

北方部隊指揮官のヴィンセンス艦長ですら、飛行機の灯火、じつはエンジンの噴きだす排気ガスの火焔が尾を引いていたので、味方機とあやまったほどである。

「全軍突撃せよ」

「鳥海」以下の三川部隊全八艦の五〇〇〇人を越える乗員が、話には聞いているものの、実際に経験するのはおそらく初めてとなろう、この海の勇者の血をたぎらす命令。その瞬間から、三川部隊は「鳥海」「青葉」「加古」「衣笠」「古鷹」「天龍」「夕張」「夕凪」の順に、単縦陣でルンガ泊地への突入態勢をとった。

この夜の月の出は〇二〇一、全軍突撃時には、まだ月は昇っていなかった。

夜戦の舞台は、狭い海面だった。三川部隊は先頭艦の「鳥海」から殿艦の「夕凪」まで、距離八〇〇〇メートルにおよぶ長い縦列だった。しかも暗夜で、高速航行中の砲雷同時戦だったため、夜戦の実態については不明なことが多い。

現在残っている第八艦隊、「鳥海」、第六戦隊、第十八戦隊の各戦闘詳報をつき合わせてみると、符合しない点が多々あるが、これらの資料や当時の関係者の回想などを総合すると、次のようになるとみてよかろう。

三川部隊全八艦のうち、敵艦に最初の一撃をくわえたのは長官旗艦の「鳥海」で、魚雷による攻撃であった。「鳥海」は全軍突撃が下令された直後、一一七度方向にアキリーズ型英巡洋艦とみられる艦影を発見した。三川指揮官はただちに、「鳥海」に雷撃を命じた。二三三八、「鳥海」は照準距離四五〇〇メートルで、魚雷四本を発射した。これは命中しなかった。

魚雷発射直後、一一〇度方向および一一七度方向に、さらに数隻の艦影を認めた。これを攻撃するため、左に変針するとともに、泊地上空に待機中の「鳥海」機に対し、二三四〇、「照明開始」を下令した。

この背景照明を利して「鳥海」は二三四七、オーストラリア型巡洋艦に魚雷四発を発射し、これは命中した。彼我の距離接近にくわえ、照明効果で目標を的確にとらえられたことが大きい。照準距離は、第一回斉射よりほぼ一〇〇〇メートルほど近い三七〇〇メートルであった。

探照灯を使わずにすんだことにくわえ、魚雷による緒戦であったことが、しばらくの時間、みずからの位置と夜襲部隊の陣容を敵艦隊にさらけだすことなく、味方有利の態勢下に攻撃を実施できた。

敵艦が星弾を射ちあげ、発砲してきたのは、「鳥海」機が吊光投弾一五コ、着水照明炬一〇コ、「青葉」機が照明弾二コと吊光投弾数コを、すべて投下し終えたころであった。

艦隊旗艦「鳥海」に続行していた第六戦隊旗艦の「青葉」は、二三三六、左一〇度、七〇〇〇メートルに、ついで二三三九には右五度、遠距離に、それぞれ反航する駆逐艦一隻を認めた。

つづいて二三四〇、右四度、九〇〇〇メートル、方位角左三五度に戦艦らしきもの一隻、巡洋艦二隻、計三隻を認めた。この戦艦らしきものは、あとでロンドン型英巡洋艦とわかった。

吊光弾の背景照明により、敵の巡洋艦、駆逐艦群が浮かびあがる。もはやシルエットではなく、艦橋、砲塔、マストをふくむ艦体全容であり、それを包括した敵艦隊の配列だった。

これを目標に二三四四、「青葉」「加古」「衣笠」が雷撃を開始した。この魚雷斉射で、六本の命中が確認された。おなじ二三四四、第六戦隊殿艦の「古鷹」は、左側に進出してきた敵駆逐艦に魚雷を発射し、これを轟沈した。

引きつづき前三艦を追って高速航行中、猛火につつまれた敵巡洋艦が、わが第六戦隊の隊列に突っこんでくるような態勢になった。

「古鷹」はこれを避けるため、左に急速転舵した。これにより「古鷹」は、戦隊と分離するかたちになった。二三四九、「古鷹」はこの大火災の敵巡を雷撃し、三本の命中を認めた。

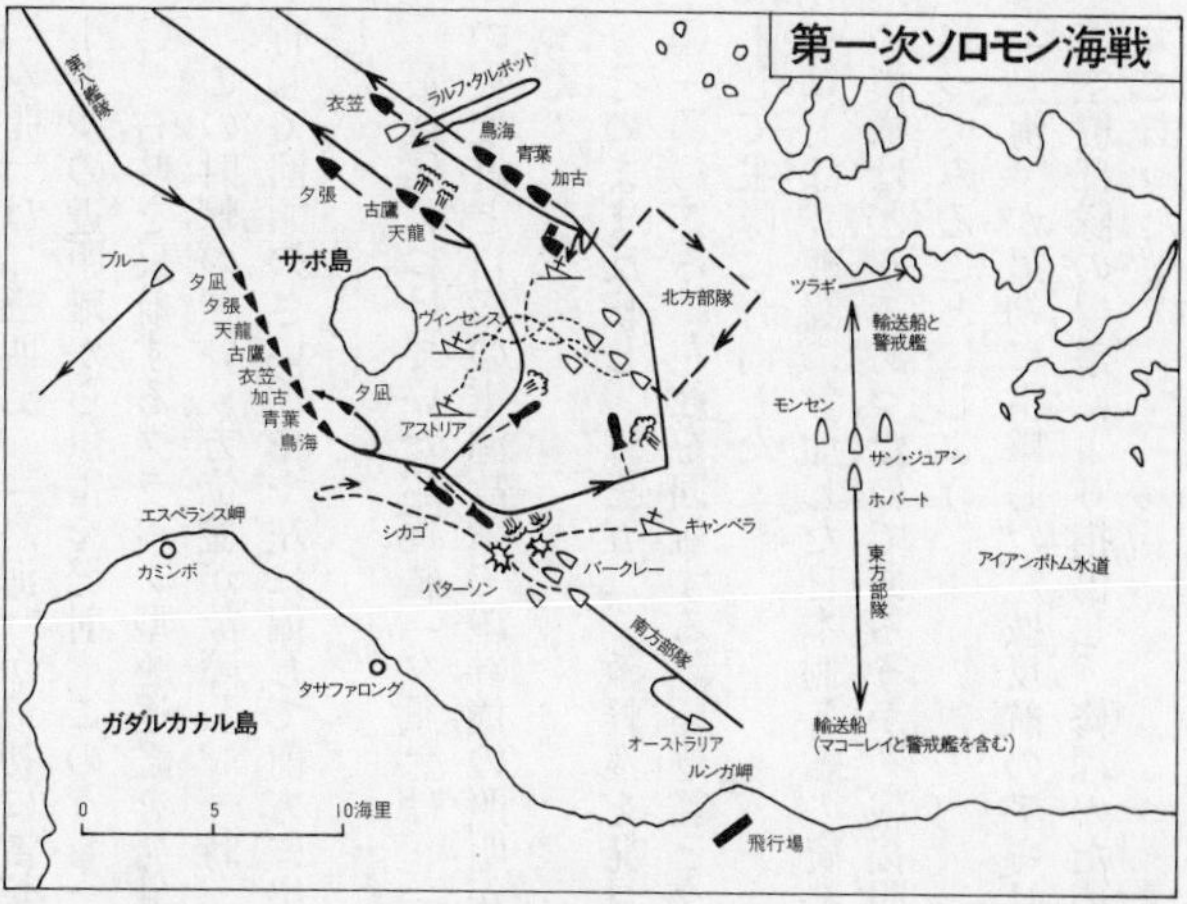

同艦はさらに砲撃しながら、北上した。

「天龍」は「古鷹」に続行中、二三四二、三五度方向、約三〇〇〇メートルに敵駆逐艦らしきもの一隻が反航するのを認めた。つづいて二三四六、吊光弾の背景照明下に、右前方約六〇〇〇メートルに重巡五隻を発見した。さらに二三四七、八〇度方向、三〇〇〇メートルにクラベン型米駆逐艦一隻を発見した。

そのころ、この駆逐艦は照明弾を打ち上げて射撃してきたので、これに対し照射砲撃をはじめ、二三五〇に撃沈した。

松山第十八戦隊司令官は戦後、戦隊内では「天龍」が最初に照射砲撃をはじめた、と回想している。しかし、発砲のさいの激震により、羅針艦橋の転輪羅針儀が作動しなくなった。補用の磁気羅針儀の性能には自信がもてなかったので、とにかく前艦「古鷹」の後尾につけることだけを考えて針路をとった。

「夕張」は二三四七、「鳥海」が最初に雷撃したアキリーズ型巡洋艦に対し、約一五〇〇メートルの近距離から魚雷を発射、このうち一本が命中して火災を起こさせた。ついで二三五〇、右舷を反航するクラベン型駆逐艦を発見し、無照射で砲撃して撃沈した。

この射撃のさい、方位盤が故障し、一時、混乱をまねいた。これよりさき、「天龍」に続行して回頭のさい、やや左に偏して前方に出た模様であるが、そのままの位置で戦闘を継続した。

最後尾につけていた駆逐艦「夕凪」は、「夕張」に追尾しているうち、予期せぬ「夕張」の大変針と自艦の電源故障で羅針儀の照明が消えたため、転舵中に「夕張」を見失ってしまった。

そのまま反転し、二三五二、敵軽巡を発見し、これを雷撃して撃沈した。さらに西進中、〇一〇〇ごろ、左舷を回航する敵駆逐艦と交戦、これを大破させたのち、サボ島の北側を北上して主隊に合同した。

以上は、戦闘に参加した日本側各艦の資料を整理したものであるが、相手側からみた戦闘の模様はどうであったのであろうか。戦後明らかになった米海軍の資料により、次にそれを追ってみることにしよう。

「鳥海」が最初に雷撃した左舷反航のアキリーズ型巡洋艦と認めたのは、この日、昼間の第五空襲部隊の爆撃により損傷し、修理のため単艦でヌーメアに向かっていた駆逐艦ジャービスであった。

ジャービスは翌九日、第五空襲部隊の集中攻撃をうけて沈没したが、前夜すでに艦首が沈み、油を流しながら航行していたことから見て、夜戦のさいにも被害を受けたものと推定できる。

南方水路の警戒にあたる南方部隊は、指揮官クラッチレー少将が水陸両用部隊指揮官にまねかれて、旗艦の豪重巡オーストラリアに乗艦のまま警戒配備を離れたあと、米重巡シカゴ艦長が指揮官となった。

南方部隊はキャンベラ、シカゴの順に、距離五〇〇メートルの単縦陣をつくり、キャンベラの右前方一二〇〇メートルにバークレー、左前方一二〇〇メートルにはパターソンの両駆逐艦を配し、南方水道の南東から北西の線を一二ノットで哨戒していた。

パターソンは二三四三、日本艦隊を最初に発見し、警報を発した。その前後に、ルンガ岬沖の輸送船団上空に吊光弾が投下され、その背景照明下にキャンベラとシカゴが砲雷撃をうけた。

キャンベラの右舷に魚雷二本が命中、砲弾二四発が炸裂したときは、まだ警報ベルが鳴っている最中で、主砲は繋止《けいし》状態になっていた。

同艦はその後、魚雷二本、一〇センチ副砲数発を発射したが、火災が広がったうえに、艦体が左舷に傾斜し、五分とたたないうちに戦闘不能の状態になった。翌朝〇六〇〇、乗員を救助のうえ、魚雷で処分した。

シカゴは二三四六、雷跡を認めて回避につとめたが、二三四七、左舷艦首に一本が命中した。目標捜索のため星弾を発射したものの、すべて不発で役に立たなかった。

その後、前部マストも砲弾をうけたが、被害は小さく、反航する日本の駆逐艦と交戦しながら西航して、戦場から離脱した。戦火がおさまった〇三一〇ごろ、泊地に引き返してキャンベラ乗員の救助にあたった。

パターソンは警報を発したのち、星弾を射ちあげて日本艦隊と砲戦をまじえた。このさい、四番砲に砲弾が命中し、砲二門の使用が不能になった。

バークレーは会敵時、戦闘準備が間にあわず、最後尾艦に対して魚雷を発射したが、命中しなかった。日本艦隊はバークレーの一六〇〇メートル以内を通過したが、日本艦隊の主砲、魚雷は巡洋艦に向けられていたので、砲雷撃をうけずにすんだ。

このようにして第一次戦闘では、日本艦隊は一発の命中弾も受けることなく、南方部隊の主要戦力を奪ってしまった。わずか六分間の出来事である。

激闘つづく

「鳥海」はオーストラリア型巡洋艦に魚雷四本を発射した直後の二三四八ごろ、艦首左方向に敵巡三隻を認めた。予期していなかった敵艦の出現である。

距離七〇〇〇から三〇〇〇メートルにかけて探照灯を照射し、主砲だけでなく、高角砲、機銃にいたる、あらゆる火器を動員して猛烈に射撃した。泊地突入以来、はじめての探照灯使用だった。

「古鷹」「天龍」「夕張」は、敵の西方を北進し、東西から挟撃するかたちとなった。敵巡三艦は、日本軍四巡洋艦の砲撃および併用した雷撃によって、たちまち火焔につつまれ、戦闘能力を喪失した。

この戦闘で「鳥海」は、艦橋の作戦室や前部一番砲塔に敵弾を受けたが、被害はかぎられており、戦闘力にほとんど影響はなかった。「青葉」は魚雷発射管に機銃弾をうけ、小火災を起こした。

戦場は濛気《もうき》と火焰につつまれた敵艦の光芒、自艦発砲の火煙などで視界がさえぎられた。また、主砲、高角砲や機銃の発射音が激しく、混乱と混沌をくりかえした。しかし、至近距離での交戦であったため、練度の高い射手を擁した我が砲弾はよく命中した。

彼我の砲雷同時戦であった。その主導権はわが奇襲部隊が完全に掌握し、砲撃、雷撃の回数や射ちこんだ砲機銃弾、魚雷数も圧倒した。火ダルマとなり迷走する敵艦、艦上から海へ飛びこむ数多の兵の姿が、「鳥海」の艦上からも、後続艦の甲板上からも手にとるように見え、味方乗員の士気はいやがうえにも高まった。

夜襲部隊各艦は、暗夜に各小隊、各艦を識別するため、吹き流しをつけていた。三川指揮官は味方探照灯が交錯する光芒のなかに、「古鷹」以下三艦を認め、はじめて同隊と分離したことを知った。

「鳥海」などとの距離をほぼ七〇〇〇メートルと測定し、同士討ちを避けるため、「鳥海」隊をできるだけ北進させ、「古鷹」隊との距離を広げるようつとめた。この間、「衣笠」はルンガ泊地に向け、遠距離に調定した魚雷四本を射出したが、目標には命中しなかった。

「鳥海」の格納庫周辺は、夜戦を見る一等席であった。飛行科の整備兵らは、艦載機を発進させたあとはヒマになる。清瀬飛行長の一号機を海上発進し終えた今は、「鳥海」のカタパルトにも、格納庫にも水上機の姿は見えない。

その格納庫前のひらかれた空間に、一〇人前後の下士官兵の姿があった。多くが整備関係の飛行科員である。格納庫上の通称「格納庫甲板」にも、やはり一〇人近い観客がいる。

それらの集団が割れ、大きな喊声《かんせい》があがった。吊光投弾と呼ばれる照明弾が四コ、上空からほぼ等間隔でゆっくり下降しながら、敵艦船の艦影を背景照明で映しだしている。おそらく「鳥海」一号機が投下したものであろう。照明作戦は成功した。それへの喊声だった。

長官旗艦「鳥海」の探照灯が照射された。探照灯は艦橋上部両舷に、富士電機製のものが各二基あった。ついで、二番艦以下の照射砲撃がはじまった。

光芒のなかに、炎上し、オレンジの火焔に艦橋周辺を浮かびあがらせている敵艦と、いまだ無傷にみえる艦船群が浮かびあがる。夜襲部隊は主砲だけでなく、高角砲、機銃まで、火砲を総動員だ。高角砲は仰角を下げ、ほぼ水平射ちである。機銃弾が届く距離まで、彼我の間隔がちぢまったことになる。

夜襲部隊の重巡戦隊は、今は砲雷同時戦から、主砲の斉射を主とする砲撃戦に移っている。

突然、目の前がパッと明るくなった。敵艦隊側も探照灯を照射しだしたのである。照射は味方部隊の先頭をすすむ「鳥海」に集中した。

「鳥海」には中将旗が掲げられている。照射砲撃も、一番早かった。それで狙い撃ちされたのだ。

敵弾は艦橋前後に多く集まった。目標として最適だったからであろう。

三川長官ら第八艦隊司令部の幕僚や、早川「鳥海」艦長らも、単縦陣での戦隊突撃では、一番艦に敵砲火が集中するであろうことは予想していた。

だから、あえて危険度の高い一番艦の位置を選び、陣頭指揮の決意を全軍に示したわけである。そして、結果もそのとおりになった。

はじめは艦上高く飛び越したり、目標を大きくそれていた敵弾が、至近距離の水中弾になるなど、方位、方向が定まりだした。だが、いまだ主砲を射ち出すまでにはいたらないらしく、「鳥海」をめがけて飛んでくるのは小口径の高角砲弾か、機銃弾にすぎない。

観戦していた兵員が、いっせいに艦内に消えた。

それでも艦橋構造物など、なにがしかの遮蔽物の陰に隠れて観戦している者がすくなからずいた。怖いものみたさの誘惑、世紀の夜戦になるかもしれない、この戦闘の模様をつぶさに見ておきたいとの好奇心であろう。

それに、弾丸にあたって死ぬのは、露天甲板にいる者だけとはかぎらない。艦橋であろうと、砲塔内であろうと、艦底に近い機関室であろうと、条件は同じであるとの達観などが、彼らをして、そのような選択をさせたのである。そして、実際にも見学者の戦死傷は、戦闘配置にあった兵のそれよりすくなかった。

夜間の奇襲戦で機先を制し、終始優位を維持した三川部隊は、相手よりすくない隻数で、敵艦船を制圧した。

アドミラル東郷の「一発必中の砲一門、克《よ》く百発一中の砲百門に勝る」の言葉は、日露の戦役と同様、この海戦でも生きていた。

砲弾をうけたのは「鳥海」だけであった。それも大部分が盲弾で、炸裂しなかったものが多い。魚雷による攻撃をうけたものは、味方には一隻もなかった。

三四名の戦死者

「鳥海」の被弾は、最初が後檣《こうしょう》だった。機銃弾である。檣頭だったので、人員の被害はなかった。

敵の一、二番艦に大損害をあたえ、猛火につつまれて沈没に瀕するのを認めた直後、敵の三、四番艦からの反撃によるものとされる。

三川部隊の照射砲撃に呼応して、敵艦隊も照射砲撃をはじめた九日〇〇〇五ごろ、赤や青の着色主砲弾が、「鳥海」の一番砲塔と艦橋後部に命中した。一番砲塔への命中弾は一発で、二〇センチ砲弾は、砲塔の防御壁である前盾《ぜんじゅん》からはいり、破裂することなく、そのまま真っすぐ後壁を貫通して右舷側へ抜けた。いわゆる盲弾である。

また、艦橋後部に命中したのは三発で、うち一発は羅針艦橋の作戦室を貫通して抜けた。あと二発の炸裂弾の弾片と被弾箇所の鉄片は四散し、旗旒《はた》甲板周辺にいた将兵をなぎ倒した。

旗旒甲板を戦闘配置とする信号兵や、そのすぐ近くの二五ミリ機銃座で指揮をとっていた岩佐文明大尉以下の士官二人と、機銃員をはじめとする三六人が死傷した。

艦橋後部の死傷者のなかには、他科、他分隊の観戦者も混じっていた。旗旒甲板は前に艦橋構造物、うしろに煙突という格好な遮蔽物の谷間にある平滑で、わりあい広い場所なので、夜戦の実況を見るには絶好だった。現に、立直中でない者、好奇心にかられた連中がかなりおり、報道班員のなかの何人かも取材していた。丹羽《にわ》文雄《ふみお》もその一人で、手足に軽い傷を負った。

敵主砲弾が命中した艦橋後部と旗旒甲板周辺には、さながら修羅の巷となり、血の池地獄となった。血染めの双眼鏡を手に、朱に染まってうつぶせている者、内臓を露出させたり、手足をもぎとられ、丸太のようになっている兵もいた。

敵味方入り乱れての照射砲撃の明かりに、それらが映しだされては消え、消えては、また浮かびあがる。爆風に吹き飛ばされ、隅におりかさなって斃《たお》れている集団がある。壁に頭や全身を叩きつけられ、骨が砕けて息絶えている下士官・兵もすくなくない。

その弾片は、艦橋上部にある作戦室をもつらぬき、卓上の海図類を粉砕して通り抜け、あとに埃と塵の煙幕を残した。

それと前後して、前甲板のもっとも艦首寄りにある一番砲塔にも、二〇センチ主砲弾一発が命中した。

数分前の八日二三五三に主砲射撃を開始してから、「鳥海」の五つの砲塔一〇門は二六斉射、二六〇発の二〇センチ砲弾を敵艦めがけて発射していた。したがって一番砲塔は、零時五分ごろに使用不能となるまでに、左右の砲各二六発、計五二発を射ちつづけていたことになる。

「鳥海」型重巡の主砲は二〇センチ連装とされるが、実際には二〇・三センチである。正式の呼称は五〇口径三年式二号砲で、射程は約二万九〇〇〇メートル、各砲は毎分五発の発射能力をもっていた。

一、二番および四番砲塔には六メートル測距儀をそなえ、砲塔は仰角七〇度で対空射撃も可能な新型砲架が採用された。それまでの重巡の「青葉」型、「妙高」型とも砲架の仰角は四〇度であるから、大きな改革であり、進歩でもあった。

対空射撃も可能な砲架のためには、時限信管がついている高信頼性の対空弾を必要としたので、通常弾や徹甲弾用の揚弾機のほかに、対空弾用の揚弾機も新設した。主砲による長距離対空射撃ができるようになったので、一二センチ単装高角砲を「妙高」より二門減らして四門とした。

だが、残念なことに、実際にこの二〇センチ対艦、対空両用砲を使ってみると、大仰角で飛行機を射撃する機会はほとんどなく、それよりも、むしろ低い仰角での対空射撃のほうが有効なことがわかったので、姉妹艦のなかで最後に建造された「摩耶」だけは、仰角五五度の砲架にあらためられた。

それ以降、主砲を二〇センチ砲に換装したことにより重巡に格上げされた改装後の「最上」型や「利根」型にも、五五度仰角がうけつがれてゆく。

夜戦に突入以来、三川部隊の主砲の仰角は五度程度であり、砲弾は艦対艦射撃用の徹甲弾が使われていた。

「鳥海」の一番砲塔に敵主砲弾が貫通し、砲塔員が壊滅したのは、八日二三四八以降の第二次戦闘においてである。

第一次戦闘のわずか一〇分たらずの間に、三川部隊は一発の命中弾を受けることなく、敵南方支援部隊の戦力を完全に奪った。

「鳥海」は同二三四七、照準距離三七〇〇メートルで、オーストラリア型巡洋艦に魚雷四本を発射し、命中するのを認めた。この巡洋艦は、じつは米重巡シカゴで、左舷艦首に被雷一本のあと、砲撃もうけたが、自力で戦場から脱出している。

「鳥海」は北東に変針してシカゴに魚雷を発射した直後、艦首左方に敵巡三隻を発見した。ここから第二次の戦闘がはじまる。

これは敵北方部隊のヴィンセンス、クインシー、アストリアであって、両翼にヘルム、ウイルソンの駆逐艦二隻を配し、単縦陣を組み、速力一〇ノットで北水道を哨戒していた。彼我両水上部隊にとって、予期していない出合いがしらの会敵だった。

敵と味方の距離は三〇〇〇～七〇〇〇メートル、ここではじめて日本軍は探照灯を使い、主砲のほか高角砲、機銃にいたる、あらゆる火器と魚雷を総動員して攻撃した。

「鳥海」の戦闘詳報では、第二次戦闘で敵巡四隻を攻撃したことになっているが、ヴィンセンス艦長指揮の北方部隊の巡洋艦は三隻で、駆逐艦二隻は無傷であったことからして、同一目標を二度数えたかしたミスであろう。

北方部隊の三巡洋艦は、クインシー、ヴィンセンス、アストリアの順にこの海域で沈むことになるが、「鳥海」が最初に照射砲撃したのはアストリアであった。同艦はいまだ主砲が繋止状態にあるうちに、多数の命中弾をうけ、数分間で戦闘機能をうしなっている。

また、クインシーは日本艦隊を認めないうちに、砲雷撃で沈んでいることからして、「鳥海」に命中弾をあたえたのは、ヴィンセンスとみるのが妥当であろう。

ヴィンセンスの主砲弾は、左舷側の敵艦を砲撃していた「鳥海」一番砲塔の左五度方向から砲塔内を通過し、後方の出入口右側に六〇センチほどの大穴をあけて、右舷海上に落ちた。砲身を露出している砲塔前面は前盾と呼ばれるが、その前盾の右砲眼孔のやや上に命中した敵弾は、破砕した命中箇所の鋼片を塔内に飛散させ、これが砲塔員のほとんどを殺傷した。

「鳥海」型の二〇センチ主砲塔の装甲は、わずか二五ミリである。戦艦「大和」はそれが前面六五〇ミリ、側板二五〇ミリ、後板一九〇ミリ、天蓋二七〇ミリだった。「大和」型の主砲塔旋回部重量は二五一〇トンと、駆逐艦一隻分に相当する世界の各種軍艦のなかで、もっとも装甲が厚いだけに、一万四〇〇〇トン級重巡の「鳥海」型とは比較の対象になりにくいが、それにしても砲塔の各面が二五ミリというのは、「大和」「武蔵」との相対的関係において、ブリキ細工にもたとえられる異常な薄さである。

これには、いくつかの理由がある。まず、トップヘビーになるのを避けるためにも、上部構造物の重量をできるだけ制限する必要があった。つまり設計上、砲塔に多くの装甲を割りあてる余裕がなかったことである。

次に、装甲を厚くすると主砲の操作に時間がかかり、攻撃力がにぶるという心配があった。攻撃力をたかめるためには、ある程度は防御力を犠牲にして、被弾のさいの損傷には目をつむるという思想である。この設計思想が列強重巡中、もっとも薄い砲塔装甲にした。

二五ミリ装甲なら、機銃弾でも貫通するであろう。「鳥海」の一番砲塔に命中した敵主砲弾が、性能が悪く、盲弾として通り抜けたとしても、前盾の鉄の破片を砲塔内にまき散らし、命中箇所に近い塔内前部にいた旋回手の下士官を微塵にしたのである。

砲尾で指揮していた砲員長をはじめ、左右砲の射手、主砲射撃指揮所の指示にしたがって砲を操作する砲手、砲の俯仰にあたる俯仰手らのことごとくを殺傷したのは、いわば防御を犠牲にしたことへの〝当然の報酬〟であった。

主砲の射撃をつかさどる頭脳部分は、艦橋のもっとも高い位置にある主砲指揮所と主砲射撃所である。一〜五番の各砲塔は、ここにいる方位盤射撃指揮官からの指示で砲塔や砲架を操作させる。全部で一〇層からなる艦橋構造物の最上層が、方位盤と四・五メートル測距儀をもつ主砲射撃所である。

方位盤による射撃が当時の主砲射撃方式で、方位盤照準装置と測距儀とにより、敵艦までの距離などのデータをつくり、これを射撃装置に他のデータとともに入力する。射撃装置が計算した数値で、各砲塔の二〇センチ主砲の仰角、旋回角度を指示し、砲塔側の対応がととのうのを待って、方位盤照準装置の引き金をひいて一斉に発砲させる。

主砲射撃所の下が、主砲指揮に必要な通信機器を装備する主砲指揮所である。この場所と各砲塔は電気通信系統で結ばれ、方位盤射撃装置の指示にしたがって、各砲塔側は数値の指針を合わせる。これは、ファインダーによりピントをあわせるカメラの原理とおなじである。

「鳥海」では、射撃指揮部門は第三分隊に属し、おなじ砲術科ながら、第一分隊の主砲、第二分隊の高角砲・機銃部門とは区別され、〝砲術科のエリート〟視されていた。

針が正確に合致しないと射撃できないし、射撃できても、指揮所の算定目標ととなる方向に弾丸が飛んでいく。

砲塔員、とくに射手にとって、もっとも練度を要求されるのが、ぴたりと針を合わせる作業で、日常の訓練でも一日に二〇〇回ほどやっていた。

砲塔内でいちばん人数の多いのが砲手で、射撃したあと、尾栓をひらいて圧搾空気を砲腔内に送り、火薬の焼け残りを砲口から噴射させる。そして、仰角五度に戻す役割をになう。

砲塔内には、士官、准士官はいない。彼らは艦橋トップの射撃指揮所か、主砲指揮所に詰め、砲戦を指揮している。砲弾を射撃する現場の各砲塔内は、先任の下士官が砲員長、次席が旋回手をつとめ、左右砲に一人ずつ、計二人の射手も下士官の配置である。

重巡の各砲塔とも、一番から五番にいたる戦闘配置では、最先任の当時の一等兵曹が一番砲塔の砲員長であった。もちろん「鳥海」の場合も、この例外ではない。

砲身の上下動にあたる俯仰手も左右砲に一人ずつだが、これをふくめた残りが砲手と称する兵隊となる。

戦い終わる

この部署の下士官・兵一八人中、負傷の三人をのぞく一五人が戦死した。死者のなかには、首が九〇度ひんまがったり、頭髪が後壁のペンキに埋もれ、離そうとしたら、その部分の髪が毛根からそっくり抜けた遺体もあった。

砲身が仰角をとると、その分の空間ができる。命中弾で吹き飛ばされて後壁にぶつかり、反動で前に飛び、隙間のポケットに落ちた兵も三人いた。塔内で炸裂しなかったので、血の量はすくなく、首や手足をうしなうことなく、五体ほぼ満足の状態で死んだ者が大部分だったのは、不幸中の幸いといえるかもしれない。

一番砲塔で唯一の例外として、無傷の者がいた。動力室長の松本修一である。大正七年生まれの松本は、徴兵で昭和十四年一月に海兵団にはいり、砲術学校をへて翌十五年四月、当時、高須四郎中将座乗の第二遣支艦隊旗艦として南支方面を行動中の「鳥海」に乗艦した。彼はそれから四年有余の昭和十九年六月まで在艦することになるが、第一次ソロモン海戦時は三等兵曹だった。

動力室は砲塔の下にあり、砲塔とはマンホールで結ばれていた。室内に大型モーターが二基あって、砲塔内に砲身用の圧搾空気を送ったり、油圧の調整にあたる。砲塔そのものではなく、砲塔の動力源である。

動力室は窓がなく、外光と遮断された密室である。停電になれば、真っ暗になる。外に出るためには、出入口のマンホールを抜け、砲塔内を通過することになる。

動力室下の中甲板は弾庫、そのさらに下の下甲板、つまり艦底部分に火薬庫があって、それぞれ砲塔とコンベヤーで垂直に結ばれている。重量一六キロの装薬、八〇キロの主砲弾が、砲員長の指示により砲塔内に運びこまれる。

弾庫には二人、火薬庫には一人が配置され、これらいわば縁の下の作業をふくむ一砲塔あたりの人員は二二人前後となる。

九日零時、動力室ではエンカン服姿の松本修一三曹が、圧搾空気調整弁のすり合わせをしていた。上の砲塔員は全員、半袖半ズボンの防暑服なのに、寝そべったり、油まみれの仕事の多い彼だけは、衣服の上下が一体になって長袖、長ズボンのエンカン服なので、汗びっしょりであった。

突然、電灯が消えた。いままで砲撃をつづけ、轟音と激震を発生させていた上の砲塔が、急に静かになった。異状を直感した松本は、手さぐりでマンホールを抜け、砲塔内にはいった。まず、出入口近くに大きな穴があいているのに気がついた。そこから潮風が吹きこみ、わずかながら戦場の明かりを、砲塔内に取りいれている。

松本は砲塔内に、仲間のほとんどが手足を投げだして倒れ、うち俯し、折りかさなって息絶えているのを知った。虫の息だった者のうち、二人が呼吸を止めた。負傷しているが、なんとか動ける状態にある兵もいた。いずれも砲手で、三人であった。

無傷の松本は、重軽傷の三人とともに砲側にまわり、左右の砲腫内にまだ残っていた火薬の焼け残りを、尾栓から圧搾空気を送りこんで海上に噴射した。主砲が使えなくなったのは、射撃を終えたあとだったので、腔内に弾丸はなく、もちろん誘爆もなかった。

ついで松本は、重傷の一人を休ませたうえ、残りの二人とともに死体の取りまとめにうつった。砲架下のそこかしこに散らばっているモノ言わぬ僚友を、出入口近くの壁際に運んだ。砲身とデッキとの間の先端部ポケット、そこは露出した外の部分の砲身をカバーする厚布で、袋状になっていた。ここに三人が落ちていた。その一人ひとりを、上と下の二人がかりでデッキに引き揚げた。

無念の形相の者、微笑《ほほえ》むかに穏やかな表情の兵、顔や手足に血を流している下士官や兵はいたが、内臓を露出させたり、全身に血飛沫《ちしぶき》を浴びているような者はいない。地獄図絵にみるような血の池や、ばらばらになった五体、原色の朱紅とは無縁であるものの、それはまさしく修羅場の光景だった。

鉢巻きをした帽子を飛ばし、防暑服から露出した顔や手足は黒く汚れていたが、血に濡れてはいないだけに、薄暗がりから蠟人形《ろうにんぎょう》の幽霊をみるような沈潜した恐ろしさがあった。立ったまま死んでいる兵がいた。砲塔内壁の塗料は、「鳥海」に刻みこまれた艦歴を物語るかのように、白色のペンキが幾重にも塗られていた。それが汚れて、黄白色の層をみせている。薄い部分は、鉄壁素材の梨地をそのままに浮かべていた。

その鉄の錆とペンキの膜との間の数ミリ程度の厚みに、坊主刈りの頭髪の毛を埋めこみ、後頭部の骨を陥没させて、半中腰で立っている長身の兵をデッキに横たえたときには、松本は背筋に氷の走るのを覚えた。

強運の松本は、いわゆる十四徴前期で、昭和十四年一月、徴兵で横須賀海兵団に入った。砲術学校をへて「鳥海」に乗り組んだのは昭和十五年四月で、同艦は高須四郎中将座乗の第二遣支艦隊旗艦だった。したがって夜戦当時、すでに乗艦歴が二年半近くになっていた。

東京・築地の魚河岸で水産物をあつかう会社を経営している松本は、当時を次のように述懐する。

『砲塔内死傷者のすべては、敵艦の二〇センチ砲弾が右砲の眼孔上部に命中し、周辺の前盾をくだいて飛びいり、右砲の鞍上や天蓋内壁にぶつかりながら、後壁を貫通して右舷外に飛びだすまでの間に塔内に飛散させた鉄片によるものでした。砲塔は右五度にかたむいたまま、使用不可能の状態になっていました。それに主砲を作動させようにも、砲塔員はほぼ全滅だったのです。二番砲以下の砲塔は砲戦続行中なので、応援を頼める状況にもなかったのです。

私はまず右砲の砲尾にまわり、尾栓をひらきました。こうすると圧搾空気が膅内に注入され、火薬の残滓《ざんし》が砲口から噴出する仕組みになっているためです。

そして、膅内をのぞくと、左右両砲とも、砲口からオレンジ色に燃えている戦場の夜空がのぞめました。これら一連の作業は、砲術学校や「鳥海」での戦闘訓練で身についていたところです。

私は昂奮状態にありました。負傷者を督励して、無我夢中で膅内洗掃と、死体の収容にあたったのでした。砲塔内各所に散逸する死体を片づけ終えたあと、念のため前部をたしかめたところ、ケンパスのポケットに三人が落ちているのを知りました。みんな死んでいました。これを負傷者三人の力を借り、引き揚げました。このとき、はじめて右砲の眼孔上部に三〇センチほどの穴があいているのに気づきました。これが命中弾の進入口だったのです。吹き飛ばされたり、鉄の大小片を浴び、倒れたり、うずくまっていたり、後壁に叩きつけられたりしていた下士官兵のなかには、首を四五度から九〇度も曲げて死んでいる者がおりました。想像に絶する光景でした。残酷な姿でした。今でもまぶたに焼きついています』

「射ち方やめ」が下令されたあと、砲術科他分隊の応援をえて、戦死者を死体収容所になっている兵員浴室まで運んだ。中軽傷の三人は、医務室で軍医から応急治療を受けた。そして「鳥海」がラバウルに帰港後、陸上の病院に入院した。

それから数日後、前線基地に帰投直前に沈んだ「加古」の砲術科員が、欠員補充のため転勤してきた。一番砲塔は、使用不能の状態がその年いっぱいつづいたが、彼らは残りの砲塔で作戦に従事した。

翌十八年二月二十日、「鳥海」が横須賀に帰港し、修理整備作業に着手したさい、呉鎮守府所属の「加古」旧乗員は退艦し、横須賀籍の者と交替したのである。

三川部隊の各艦は、すでに合戦場のガダルカナルをはるか後方にしている。ラバウル出撃後、勢ぞろいした「鳥海」、第六戦隊以下の八艦は、一隻も欠けることなく凱旋の途についている。

さきほど、山本連合艦隊司令長官発信の「貴隊の敢闘を多とする」旨の電文が、前部電信室経由で艦橋の司令部に届けられた。電文は短いが、行間に連合艦隊や大本営が欣喜雀躍する様子がにじみでている。

第三部　レイテ湾の落陽

米軍、レイテに上陸

サイパン、テニアン、グアムのマリアナ諸島が米軍に占拠されたことで、日本軍の南方防衛線の一角がくずれ、マリアナ基地からの米長距離爆撃機が日本本土を直接に爆撃する可能性がたかまった。

大本営はこの新事態に対応し、つぎの米軍の進攻を食いとめ、最終勝利をめざす決戦計画として、「捷号《しょうごう》作戦」を用意した。これは米軍の次期進攻地点を日本本土、北海道、台湾、フィリピンの四方面と想定し、一号から四号までが準備された。捷一号作戦とは、このうちフィリピン方面の作戦を指す。

昭和十九年十月十七日〇八〇〇、米軍はレイテ湾口のスルアン島に上陸した。この日、レイテ方面は風が強く、雨が断続していた。十八日は暴風雨で、我が方の航空偵察はほとんど不可能であったにもかかわらず、米軍機は荒天をついて我が主要飛行場に波状攻撃を続行した。午後には多数の敵艦艇が湾内深く進入して、沿岸要地への艦砲射撃と掃海をはじめた。

十九日は早朝から、激しい艦砲射撃に見舞われた。この日、レイテ湾に突入したのは、一五七隻の艦艇に護衛された四二〇隻の輸送船団で、昼ごろ、煙幕展張下に舟艇五〇隻の海兵隊がドラッグ、タクロバン正面に上陸を開始したが、日本軍はこれを撃退した。

十八日、大本営は「決戦方面を比島と確定、陸海空の全力をあげて、米軍主力の進攻に対し、決戦を指導する」との大方針を決めた。

連合艦隊は当時、極端な航空兵力の不足から、積極的な洋上作戦を打ちだせなかった。しかし、なすことなく自滅を待つより、むしろ「大和」「武蔵」以下の海上部隊主力を敵の上陸地点に突入させ、上陸部隊と護衛艦艇を撃滅することが、総決戦にのぞむ海軍の残された唯一の道と考えた。

豊田副武連合艦隊司令長官は、ブルネイで出撃準備中の第一遊撃部隊にタクロバン突入を命じた。航空機の援護なしの海上部隊単独の特攻作戦である。

「捷一号作戦」の主力は、第一遊撃部隊として編成された第二艦隊である。

第一遊撃部隊は、第一、第二、第三の三つの部隊からなり、主隊の第一部隊（第一夜戦部隊）は第一、第四、第五の三戦隊と第二水雷戦隊、第二部隊（第二夜戦部隊）は第三、第七、第十の各戦隊である。うち第十戦隊は、水雷戦隊である。そして第三部隊（第三夜戦部隊）は、第二戦隊の「山城」「扶桑」の低速戦艦をふくむため、主隊と同一行動をとることはむずかしく、別働隊（支隊）として位置づけられた。
第一遊撃部隊の兵力は、左のとおりである。

第1遊撃部隊編成表

第1遊撃部隊＝司令長官・栗田健男中将
　参謀長・小柳冨次少将

●第1部隊＝栗田中将直率
第1戦隊＝司令官・宇垣纒中将
大和、武蔵、長門
第4戦隊＝栗田中将直率
愛宕、高雄、鳥海、摩耶
第5戦隊＝司令官・橋本信太郎少将
妙高、羽黒
第2水雷戦隊＝司令官・早川幹夫少将
能代、島風
第2駆逐隊＝早霜、秋霜
第31駆逐隊＝岸波、沖波、朝霜、長波
第32駆逐隊＝藤波、浜波

●第2部隊＝指揮官・鈴木義尾中将
第3戦隊＝鈴木中将直率
金剛、榛名
第7戦隊＝司令官・白石萬隆少将
熊野、鈴谷、利根、筑摩
第10戦隊＝司令官・木村進少将
矢矧、野分、清霜
第17駆逐隊＝浦風、浜風、磯風、雪風
●第3部隊＝指揮官・西村祥治中将
第2戦隊＝西村中将直率
山城、扶桑、最上
第4駆逐隊＝満潮、朝雲、山雲
時雨

以上、戦艦7隻、巡洋艦13隻、駆逐艦19隻、合計39隻、ゴシック体は戦隊旗艦

艦隊司令部が第一戦隊の「大和」「武蔵」ではなく、重巡戦隊である第四戦隊の「愛宕」におかれ、栗田提督が第四戦隊を直率したことに注目すべきであろう。

これには、ちょっとした経緯がある。

第二艦隊の幕僚のなかには捷号作戦実施にあたり、長官旗艦として超弩級戦艦である「大和」ないし「武蔵」への座乗を栗田にすすめた者が何人かいた。重巡より攻撃力、防御力がすぐれ、通信施設が充実していたからである。

栗田提督自身も、重巡は快速で機動力にすぐれるが、戦艦にくらべ防御力が弱いことを痛感しており、とくに昭和十九年六月のマリアナ海戦以降、その欠陥が露呈したことが、つねに頭の中にあった。

そこで第一遊撃部隊を指揮するにあたり、「大和」に将旗を掲げることを希望したが、海軍部も、連合艦隊司令部も、これを首肯しなかった。栗田も、第二艦隊司令部側も、あえて強くは望まなかった。

第一遊撃部隊の筆頭戦隊である第一戦隊の司令官が、参謀歴が長く、作戦面で一家言を持ち、海軍部内でキレ者で通っていた宇垣纏中将だったこともある。実戦派で無口な栗田と理論家の宇垣の二人がおなじ「大和」の艦橋に立った場合、両雄ならび立たずへの配慮である。

ついで栗田が、第二艦隊司令部の主要幕僚ほどには、「大和」で全軍を指揮することに執着しなかったことがあげられる。決戦場にのぞむ以上、死はもとより覚悟のうえであり、安全性の問題など第二義的に考えられた。ただ、乗艦が損傷した場合の指揮系統の乱れが気になった。夜戦に持ちこみたい、戦場で快速の重巡を駆使し、全軍の先頭にたって指揮することへの軍人のロマンティシズムもなくはなかった。

それに栗田は、根っからの水雷屋であり、軽快部隊の指揮に長じた剛毅な実戦派でもあった。

水雷学校の教官、教頭を経験し、実施部隊の多くを駆逐隊司令、水雷戦隊司令官、巡洋艦戦隊司令官として過ごし、開戦時は第七戦隊司令官として重巡「熊野」に乗り、南太平洋で活躍するなど、巡洋艦のほうが性にあっていた。

昭和十八年八月、栗田が第二艦隊司令長官に親補されたさい、「いちばん驚いたのは、自分だった」ともらした逸話は有名である。

出世コースである海軍大学校にもいかず、中央省部での役職もない。だから進級はおくれ、たとえば海兵三八期の同期で、前に触れたように第八艦隊司令長官として「鳥海」に座乗し、第一次ソロモン海戦に完勝した三川軍一中将とくらべた場合、少佐までの昇進はおなじだが、中佐以降の各級で二年ほど三川の後塵を拝している。

ちなみに、栗田中将直率の第一遊撃部隊第一部隊に属す二水戦司令官早川幹夫少将は、第一次ソロモン海戦の前後に「鳥海」艦長だった。「鳥海」は後で触れるように、十月二十五日、敵艦載機の連続襲撃で大破し、航行不能におちいることになるが、これを雷撃で自沈させ、「鳥海」乗員を収容したのは、早川司令官の第三十二駆逐隊に属する「藤波」であった。「鳥海」とは浅からぬ因縁ではある。

二十日未明、米軍の輸送船五八隻、歩兵上陸艇七九隻、戦車揚陸船一五一隻、戦車揚陸艇二二一隻の上陸部隊は、戦艦、空母など一五七隻の艦艇による艦砲射撃と拠点爆撃に支援され、主力はタクロバンに、一部がドラッグに再度上陸、数時間後にはタクロバン飛行場を占領し、二十一日までに一〇万三〇〇〇人の揚陸に成功した。

上陸部隊は第一騎兵師団、第七、第九六歩兵師団で、豪州軍も参加した。第一騎兵師団の先兵は、ヤシ林のなかにヤシの大木を何本かならべてしかけられた日本軍の対戦車防御壕を超越して進出した。

これを支援する援護部隊は、米第三、第七艦隊と極東航空軍部隊で、戦艦カリフォルニア、ペンシルベニアがくわわり、豪軍も巡洋艦、駆逐艦各二隻のほか、空軍を参加させた。マッカーサー大将も、上陸用舟艇で海岸線まで達したのち、水のなかを幕僚らとともに歩いて上陸し、「余は帰れり」とタクロバンの土を踏んだ。

タクロバン方面を防御していた牧野四郎中将が指揮する京都編成の第十六師団は苦戦のすえ、二十一日、ダガミに後退した。歩兵第三十三連隊の将兵はほとんど全員が戦死し、連隊長の鈴木辰之助大佐は二十三日夜、軍旗を焼いて自決した。そして二十四日には、師団兵力が三分の一に激減した。

栗田艦隊出撃

豊田連合艦隊司令長官は昭和十九年十月十八日〇八一〇、捷一号作戦を発動し、航空総攻撃開始日を二十四日、艦隊のレイテ湾突入を二十五日夜明けとする旨、関係各部隊に打電した。

陸軍には作戦の変更があった。大本営は二十日、「地上決戦はルソン島地区」とする既定方針を変え、「レイテに来攻した敵主力に対し、空、海のみならず地上軍をも指向し、ここに国軍の総決戦を求める」との新方針を打ちだした。この作戦変更を知らせるため、東京から参謀次長、作戦課長らがマニラに飛んだ。

南方軍総司令官寺内寿一元帥は、これをただちに了承したが、比島現地軍を率いる第十四方面軍司令官山下奉文《ともゆき》大将は、「何の準備もないレイテに、突如、大兵力をさし向けても、勝算はおぼつかない」と強く反対した。しかし結局、大本営、南方軍側に押しきられた。

二十一日一七〇〇、栗田健男第一遊撃部隊兼第一部隊指揮官（第二艦隊司令長官）は麾下各戦隊の各級指揮官と関係科長以上を旗艦「愛宕」に集め、最後の打ち合わせをした。この席には栗田のほか、第二部隊指揮官の鈴木義尾中将、第三部隊指揮官の西村祥治中将、それに第一部隊第一戦隊司令官の宇垣纏中将ら四人の中将が姿をみせていた。

第一遊撃部隊参謀長の小柳冨次が作戦上の注意事項を述べ、ついで栗田が訓示したあと、スルメを肴《さかな》に冷酒で乾杯した。司令官以上は将官室での二次会で、栗田秘蔵のシャンパンでかさねて作戦の成功を祈った。

談論風発、みなはすっかりうちとけて雑談に興じ、とくに西村は上機嫌で一人ひとりと杯をあわせ、肩を叩いた。宇垣も、「この作戦は、きっとうまくいくよ」と繰り返しいっていた。

二十二日〇八〇五、第一、第二両部隊からなる第一遊撃部隊主隊は、燃料補給をすませたのち、ブルネイ湾を出撃した。速力一八ノット、天候晴れ、海上は穏やかだった。

目的地のレイテとの距離は、およそ一二〇〇海里である。途中までボルネオの基地航空部隊の護衛を受け、前後二群の対潜警戒序列で北上した。

世界最大の戦艦「大和」「武蔵」をふくむ戦艦五隻、「鳥海」「愛宕」「高雄」「摩耶」など第四戦隊を基幹とする重巡一〇隻、それに「能代」「矢矧」の新鋭軽巡二隻、超高速の「島風」をはじめとする駆逐艦一五隻である。これら計三二隻の多くは、わが連合艦隊に残された第一級の戦歴をもつ決戦兵力であった。

主力部隊の行動予定は、ブルネイ出撃後、パラワン島の西航路をとり、二十四日にミンドロ島南方を抜け、同日の日没時にサン・ベルナルジノ海峡東口を突破、二十五日〇四〇〇、スルアン島周辺に達したうえ、レイテ湾タクロバンの敵泊地に突入しようとするものであった。

空母部隊の上空護衛を受けずに、海上部隊だけで敵潜水艦伏在の可能性の大きい海域を突破するという、リスクとサスペンスにみちた航海である。

第一遊撃部隊の支隊である第三部隊は、主隊より七時間遅れ、二十二日一五〇〇にブルネイを出撃した。「山城」「扶桑」の戦艦二隻を軸に、重巡「最上」と駆逐艦四隻をくわえた計七隻の陣容である。

これに先行の第一、第二両部隊をくわえた第一遊撃部隊の全兵力は、戦艦七隻、重巡一一隻、軽巡二隻、駆逐艦一九隻、計三九隻となる。

第三部隊の航路は、主力部隊とはことなる。ブルネイ出撃後、スルー海を通過して、二十四日の日没時にミンダナオ海西口を抜け、スリガオ海峡をへて主力部隊に策応、二十五日早朝に敵泊地突入というものであった。もちろん、こちらにも上空護衛はない。

ブルネイからサン・ベルナルジノ水道にいたる航路は、大別して四つある。
(1)バラバック海峡からスルー海、ミンダナオ海経由
(2)パラワン島東側からシブヤン海経由
(3)パラワン島西側からシブヤン海経由
(4)新南群島の西側を迂回してシブヤン海経由──である。
このうち最短距離は(1)で、(2)がこれに次ぐ。問題は、ともにモロタイ基地の米長距離哨戒機に探知される危険性が高いことであった。(3)のパラワン水道経由は、敵潜水艦の伏在海面であった。(4)は航空機、潜水艦にたいし、もっとも安全度は高かったが、遠まわりなので、途中、燃料の補給を必要としたし、時間もかかる──などの難点があった。

栗田司令部は、対潜警戒への配慮をもっとも必要とするが、空襲には比較的安全な(3)のパラワン西水道航路を選んだ。

ブルネイ泊地での全出動艦に対する重油の補給では、給油船の「雄鳳丸」「八紘丸」の入港が遅れ、時間を浪費したこと、敵大型長距離機の哨戒飛来により、対空対潜警戒を強めたりしたため、捷一号作戦の基準日（X日）である二十五日まで、時間的な余裕がなかったことによる。

そして、そのことが「鳥海」をのぞく第四戦隊の「愛宕」「高雄」「摩耶」三艦の遭難と

いう、捷号作戦初期のつまずきを招く間接的な要因となった。

第二遊撃部隊は、第五艦隊司令長官志摩清英中将直率の本隊が台湾に近い馬公、また第十六戦隊を直率する警戒部隊がブルネイで十月二十日いらい補給中だったが、上級司令部の南西方面艦隊（三川軍一司令長官）と陸軍の南方軍総司令部との作戦調整が手間どり、志摩本隊はいちおう二十一日一六〇〇馬公を出撃、マニラに向かって南下した。

三川司令部が、志摩中将にスリガオ海峡からのレイテ湾突入を正式に命じたのは、二十三日一〇〇〇だった。すでにこのとき、志摩は傍受電報からレイテ湾への突入は必至と確信し、独自の判断でマニラ寄港を中止して、ミンドロ島西方をコロンに向けて直行しつつあった。

志摩司令長官の直率兵力は次のとおりで、重巡二隻、軽巡一隻、駆逐艦四隻だった。

第二遊撃部隊本隊（指揮官・志摩清英中将、参謀長・松本毅大佐）

第二十一戦隊（志摩中将直率）「那智」「足柄」

第一水雷戦隊（司令官・木村昌福少将）「阿武隈」、第七駆逐隊（曙、潮）、第十八駆逐隊（不知火、霞）

志摩本隊の行動予定は、二十三日夕刻にコロン着、補給のうえ、二十四日〇二〇〇に出撃して南下、途中、東に変針して二十五日、ミンダナオ海に達し、同日〇六〇〇、スリガオ海峡を通過して、第一遊撃部隊第三部隊につづいてレイテ泊地に突入するというものであった。

左近允尚正中将の指揮する第二遊撃部隊警戒部隊の第十六戦隊（旗艦青葉、軽巡鬼怒、駆逐艦浦波）は、ブルネイを発して南シナ海を北上中、三川南西方面艦隊司令長官から輸送艦五隻を指揮し、陸軍二コ大隊をミンダナオ島北部のカガヤンからレイテ海域のオルモックへ輸送するよう命じられ、二十三日朝、マニラ湾口着の予定だった。

第十六戦隊も第二艦隊に付属していたが、捷号作戦の発動以前に所属を離れ、レイテ海戦中は別個に行動した。

レイテへの道

第一、第二遊撃部隊より早く、小沢治三郎中将の指揮する機動部隊本隊の正規空母一隻、軽空母三隻、航空戦艦二隻、軽巡三隻、駆逐艦八隻、計一七隻は、二十日一七〇〇、豊後水道を出撃して南下していた。四隻の空母の搭載機は一一六機だったが、実働可能はこの七割程度であった。

小沢本隊は「おとり艦隊」だった。敵艦隊をひきよせ、そのすきに栗田艦隊のレイテ湾タクロバンへの〝殴りこみ〟突入を成功させようという陽動作戦である。これを効果あらしめるには、機動部隊本隊が栗田の第一遊撃部隊に先んじて敵に発見されることが望ましい。

このため、「大淀」および戦艦から偽電を発信したりした。また、小沢中将は連合艦隊司令部から、第四航空戦隊の戦艦と第四十一、第六十一両駆逐隊は牽制作戦を実施後、状況により機動部隊本隊と分離して、サマール島東方海面の戦場に急行、残存敵兵力の撃滅にあたらせて欲しいとの内意をうけていた。

機動部隊本隊の兵力は次のとおり。

機動部隊本隊（指揮官・小沢治三郎中将、参謀長・大林末雄少将）
第三航空戦隊（小沢中将直率）「瑞鶴」「瑞鳳」「千歳」「千代田」
第四航空戦隊（司令官・松田千秋少将）「日向」「伊勢」「多摩」「五十鈴」
第三十一戦隊（司令官・江戸兵太郎少将）「大淀」「桑」「槇」「桐」「杉」、第六十一
　駆逐隊（初月、若月、秋月）、第四十一駆逐隊（霜月）

機動部隊本隊が豊後水道を出撃する前後に、哨戒機が佐伯付近に敵潜を発見した。小沢艦隊自身も敵潜のスクリュー音を水中聴音機で、また敵潜のレーダー電波をレーダーで探知した。

海軍部以下は、艦隊出撃が敵に発見されたのは確実と考えた。しかし、これは早計で、戦後に判明したところでは、米軍は小沢艦隊の存在にまったく気づいていなかった。

海軍部、連合艦隊司令部は、機動部隊本隊だけでなく、第一遊撃部隊以下のわが出撃部隊の行動や兵力配備は、すでに敵側に察知され、二十五日にはフィリピンの各水道をかため、攻撃行動に移るものと判断した。

わが中央の期待は、米機動部隊が栗田艦隊と攻防戦を演じている間に、わが基地航空部隊が敵の虚をついて攻撃に成功することと、小沢本隊の牽制に敵艦隊が乗ることであった。

ブルネイを出撃後、北上する栗田の第一部隊の後方六キロに、戦艦「金剛」を旗艦とする鈴木中将指揮の第二部隊がつづいた。第一、第二部隊の速力は、出撃前に日中は一八ノット、

夜間一六ノットと取り決められていた。

対潜、対空見張りは厳重をきわめた。各艦の見張員は望遠鏡、双眼鏡で、また電測員はレーダーのブラウン管を凝視した。通信科も無線封止する一方で、潜水艦などの敵信傍受に力をいれた。

二十二日午前は平穏だったが、午後になると真偽の情報が飛びかった。昼すこしすぎに、巡洋艦三隻が前後して敵潜発見を報じた。これは、いずれも誤報だった。

一三五六、「鳥海」のレーダーは、東方三六海里の地点に敵機二〜五機が触接したと伝えた。だが、それ以上は接近せず、また視認もできなかった。

二三〇〇、対潜警戒の之字運動を打ちきった。第一、第二部隊は予定どおり一六ノットで、右舷にバラバック海峡を望みながら北上をつづけた。灯火管制、無線封止、長く尾をひく白波だけが、大艦隊の航行を物語っていた。

二十三日零時、第一、第二部隊とも、北から南へ三日月状にのびるパラワン島の南端を右舷に見る位置に達した。左舷側は大小数十の島からなる新南群島の中央部分である。艦隊はパラワン島の海岸線沿いに、北へ北へと水道を通過しようとしていた。

このころ、すでに米潜二隻が日本艦隊に触接しはじめていた。払暁の好機をとらえて襲撃する好位置を確保すべく、並行航走しつつあったのである。

最初の蹉跌

レイテ沖海戦は、わが方が予定した決戦日より二日早い二十三日に序幕をあけた。この日、フィリピン東方洋上には不連続線が発達して天候不良であり、索敵による敵情を得ることができなかった。にもかかわらず、わが海上部隊は敵潜水艦の待ち伏せ攻撃にあい、初動から大きな痛手をうけた。

不吉な前兆は、まず陸軍兵力をカガヤンからオルモックへ輸送する使命をおびた第二遊撃部隊第十六戦隊の旗艦「青葉」におきた。二十三日〇四四五、マニラ到着を目前に敵潜の魚雷一本をうけ、左舷前部機械室に浸水して航行不能におちいった。「青葉」は「鬼怒」に曳航されて同夜、マニラ湾口に達し、左近允中将は旗艦を「鬼怒」に移した。

「青葉」は昭和十七年八月の第一次ソロモン海戦では、五藤存知司令官座乗の第六戦隊旗艦として、僚艦の「衣笠」「古鷹」「加古」や、軽巡の「龍田」「夕張」、駆逐艦「夕凪」とともに、「鳥海」座乗の第八艦隊司令長官三川軍一中将指揮下に、ガダルカナル、ツラギ泊地の米豪連合艦隊の重巡四隻を撃沈、重巡一、駆逐艦二隻を大・中破させる大戦果をあげている。

第六戦隊は〝不運の戦隊〟であった。まず「加古」が、完全勝利した第一次ソロモン海戦の帰途、前進基地カビエン帰投を目前に米潜の雷撃をうけ沈没した。それからほぼ二ヵ月後の十月のサボ島沖夜戦では「古鷹」が沈没、「衣笠」が小破、旗艦「青葉」も中破し、五藤司令官と乗員百数十人が戦死した。「青葉」は、呉工廠で修理、改装工事を実施したが、その間の十一月十上甲板を損傷した四日の第三次ソロモン海戦で、「衣笠」が敵機の空襲でサボ島沖で沈没、ここに第六戦隊は解隊し、以後、「青葉」は単艦行動することになる。

昭和十八年二月、「青葉」はふたたび南方の前線に復帰し、第八艦隊の指揮下に入る。しかし、「青葉」の試練は、なおもつづく。それは「鳥海」など、戦前の連合艦隊区分だった第四戦隊の「摩耶」の状況に相似している。

カビエン在泊中の「青葉」は、その年四月三日払暁、米機の空襲で飛行甲板左舷に被弾し、下甲板の左舷機械室で炸裂、機械室を損傷するとともに、艦腹に約一〇メートルの穴をあけ、浸水をみた。

この命中弾による魚雷の誘爆という二次災害で、艦体が右に約二〇度かたむいた。山森亀之助艦長は沈没を避けるため、艦体を浅瀬に擱座させた。この一、二次災害による戦死は三六人、重軽傷は七五人におよんだ。

一ヵ月後の五月二日、サルベージ船による排水作業を終え、浮揚した「青葉」を軽巡「川内」が曳航してトラックに入港した。一ヵ月余の応急修理ののち、自力で呉に帰港した。

修理工事を終えた「青葉」は、昭和十九年十月、栗田艦隊に編入されて捷号作戦に参加する。そして、二十三日のオルモック陸兵輸送作戦での落伍にいたるのである。

「青葉」について触れることは、もうないであろう。ソロモン海域では、第六戦隊旗艦として読売新聞の報道班員を乗せるなど第八艦隊旗艦で作家の丹羽文雄や朝日新聞の報道班員を便乗させた「鳥海」と行動することの多かった「青葉」のその後を追っておくと、次のようになる。

マニラ湾口までたどりついたものの、マニラ上空は敵機の空襲で入港できないまま、バターン半島の島陰に艦体を隠して、二十四日をすごした。すでに艦体は左舷に傾斜し、上甲板は三番砲塔から艦尾まで水没していた。

二十五日、やっと汽艇に曳航されてキャビテ軍港沖に到着、排水と応急修理が行なわれた。港内には「那智」「熊野」も停泊中だった。

ここでも敵機の空襲があいつぎ、機銃員二〇余人が戦死した。このままでは徒死を待つだけなので、「青葉」は五ノットしか速力がでないものの、艦体修理施設をもつ基隆《キールン》まで帰投することになった。

十一月七日、「熊野」などと船団を組み、駆潜艇三、砲艦一隻に護衛されて出港、ルソン島海岸沿いに台湾に向けて北上した。

湾口を出てほぼ三時間後、「熊野」が潜水艦により被雷し、「青葉」は単艦行動となった。途中サンフェルナンド港で真水などの補給をうけたのち、台湾の高雄経由で基隆に入渠した。なお、「熊野」は被雷後、近くの島の入江に仮泊した。のちサンタクルーズ港で修理中、十一月二十五日、敵機の攻撃をうけて沈没した。

「青葉」は基隆での応急修理で速力が一二ノットまで回復、十二月五日、呉に帰港した。だが、工廠岸壁に繋留《けいりゅう》された「青葉」は、本格的修理の機会を得ないまま、ふたたび戦場に復帰することはなかった。そして昭和二十年七月二十四、二十八日の空襲で、それぞれ命中弾をうけ、艦尾は切断状態で着底し、終戦を迎えたのである。

「青葉」などが比島方面で被害をうけつつあった前後の二十三日、パラワン島西方の水道南口に達した第一遊撃部隊主隊の総旗艦「愛宕」と、「高雄」「摩耶」の三隻が、敵潜二隻の雷撃で撃沈破された。

十月二十三日〇五三〇、それは日出一時間あまり前であるが、栗田部隊はふたたび之字運動にうつり、一八ノットに増速した。夜明けが近いというのに、不連続線の影響で南海の空はどんよりとけむり、島々をおおうヤシ、ビンロー樹の緑は暗い。

総旗艦「愛宕」は前夜来、たびたび敵潜の無電を傍受していた。〇五二〇、麾下部隊あてに、「作戦緊急信を発信中の敵潜の感度きわめて大」との警告を発した。

〇六三四、先行する第一部隊が一八ノットで、基準針路から之字運動のため左方航程に転舵しつつあるとき、二列縦陣の両翼先頭を進む第四戦隊の重巡群の左翼正面から、六本の魚雷が疾走してくるのを視認した。

栗田長官が座乗する第一遊撃部隊の総旗艦「愛宕」は、艦隊左翼列の先頭を進み、「高雄」が二番艦としてつづいていた。右翼列には先頭に三番艦の「鳥海」、その後ろに殿艦《しんがりかん》の「摩耶」が続行していた。

それは、栗田の第一遊撃部隊にとって、出合いがしらの出来事だった。隊内各艦は旗艦「愛宕」などから敵潜通信傍受の警告を受信し、警戒を厳重にしていたものの、戦闘配置についていたわけではなかった。また、敵潜の接触を告げる見張りの報告や、レーダーの探知もなかった。

「愛宕」の作戦艦橋では、栗田、小柳以下の主要幕僚や、艦長の荒木傳が双眼鏡で前方を見張っていた。魚雷が近づく。

艦長はすでに「面舵いっぱい」を令して敵側に転舵し、内側に回避しようとした。しかし、まだ舵がききらないうちに、艦体は三たび激しく振動し、まもなく停止してしまった。魚雷四本の命中である。

残り二本は「愛宕」の艦尾を通過して、後続の「高雄」を直撃した。しばらくして「高雄」も行き足をとめた。「高雄」に命中した二本のうち一本は、右舷の艦橋喫水線下、一本は艦尾だった。艦尾に被雷したことでスクリューの半分が飛び、舵も破損した。そして、駆逐艦に移乗するまでに戦死者六〇人を出した。

日本の重巡は攻撃力は強いが、防御力は弱い。このことを熟知している栗田は、旗艦変更の必要を直感し、小柳らに「駆逐艦を呼べ」と命じた。

さっそく二水戦の「岸波」が駆けつけ、「朝霜」がこれにつづいた。

「愛宕」は被雷後、およそ二〇分後の〇六五三に沈没した。栗田司令部の過半と荒木艦長らは「岸波」に、他の乗員は「岸波」と「朝霜」にわかれて移乗した。「高雄」には「長波」が接近し、敵潜の視界をさえぎるため煙幕を張った。

「大和」座乗の艦隊次席指揮官である宇垣第一戦隊司令官が艦隊の指揮を継承し、右に緊急一斉回頭した。大型艦ほど回頭に時間がかかる。

大改装で日本の重巡中でももっともトン数が増した「摩耶」に魚雷が命中したのは、基準針路にもどりつつある時だった。

〇六五六、右縦陣列にあった「摩耶」の左舷二番砲塔下の喫水線から艦尾にわたり四本が命中した。被雷対策のため、新設した水線部分のバルジも効果なく、大火焔をあげて艦体は急激に左舷にかたむき、わずか四分間で海上から消えた。

弾火薬庫に命中して誘爆した、との見方が有力である。艦尾を高く跳ね、スクリューを空中に回転させながら沈没したとされる。

〇六五九、魚雷発射源の確認ができないまま、駆逐隊による爆雷投下が、それらしきところをめがけ一斉にはじまった。第一、第二部隊とも混乱していた。

〇七〇一、〇七一六に敵潜の潜望鏡発見が報じられた。これも誤報だった。両部隊は之字運動をつづけながら、針路と速力を元にもどして北進した。

栗田部隊は、栗田総指揮官と司令部機能の「愛宕」から「岸波」への移行過程で、指揮の一時的空白と乱れを生じた。指揮系統の乱れは、さらに栗田長官ら司令部幕僚と艦長ら幹部に、心理的なダメージをあたえる。

くわえて「愛宕」「摩耶」の喪失と「高雄」の脱落とにより、戦力が大きく低下した。また、その夜、かろうじて自力航行ができるようになった中破の「高雄」を、ブルネイまで警戒護衛するため、駆逐艦の「長波」「朝霜」が分派されたので、さなきだにとぼしい対潜警戒網は、いっそう手薄にならざるをえなかった。

「高雄」は全艦あげての応急修理により、一二ノットまで速力を回復、二十六日一六〇〇、ブルネイにたどりついた。ここで、もう「高雄」について触れることはなくなるので、その後どうなったかを簡単に追ってみよう。

結論からいうと、「高雄」は終戦後も生き残ったのである。「高雄」はブルネイで小修理をかさねたあと、シンガポールのセレター軍港に回航された。だが、「鳥海」「愛宕」「摩耶」の僚艦とともに〝重巡中の重巡〟といわれた「高雄」にふさわしい戦場は、すでになかった。

また、これから触れるように、レイテ沖海戦でわが連合艦隊が壊滅的打撃をうけたことも手つだっている。

セレター軍港での「高雄」は、もはや〝浮かべる城〟の実態をそなえていなかった。浅瀬に艦体を乗せ、主砲、高角砲以外の兵装は陸上の陣地にうつし、兵員も揚陸した。

終戦直前の昭和二十年七月三十一日、英海軍のフロッグマンがセレター軍港に豆潜水艦で潜入し、「高雄」の艦底に六コの時限式磁石爆弾をしかけた。

これが三番砲塔の右舷艦底で爆発し、幅七メートル、長さ三メートルの大きな孔ができた。このため、三番砲塔用の火薬庫などに浸水して、高角砲が旋回不能となった。

英海軍は、この「高雄」の実態を知らなかった。終戦から一年以上たった昭和二十一年十月二十七日、セレター軍港から引きだされた「高雄」は、二十九日正午に爆破され、マラッカ海峡の海底に沈んだ。

「大和」座乗

栗田司令部は「岸波」艦上で、艦隊の再編成に着手した。その第一が、第四戦隊で一隻だけ無傷の「鳥海」を第五戦隊に編入したことである。次いで艦隊旗艦を「大和」とすることを決めた。

全部隊は対潜警戒配備をつづけており、予定の航路上で艦隊の速力を落とし、司令部を「大和」に移乗させることは危険だった。

「岸波」艦上から長時間にわたり全軍を指揮することは、通信能力の面から見ても適当とはいえず、艦隊司令部はあせりを増していた。

〇八三〇、「大和」座乗の第一戦隊司令官宇垣纏中将に、栗田が移乗するまでの間、艦隊指揮を続行するよう指示された。

一〇二六、宇垣は連合艦隊、第一機動艦隊、南西方面艦隊ならびに軍令部にあてて、第四戦隊三艦の喪失と損傷、および彼が臨時に指揮中であることと、作戦が計画どおりにつづけられていることを報告した。

宇垣は有能な作戦参謀で、開戦時には山本連合艦隊司令長官の下で参謀長をつとめていた。ミッドウェー海戦でわが機動部隊が空母四隻をうしなったさい、作戦を中止し、海上兵力だけで陸兵を揚陸してミッドウェー島を占領するのはやめ、後退すべきであると進言した。

昭和十八年四月十八日、山本長官がソロモン方面視察のため、特別機二機でラバウルからブーゲンビル島南端のバラレ飛行場にいく途中、待ち伏せした米陸軍戦闘機隊のトーマス・ランフィアー大尉指揮の戦闘機に撃墜され、戦死したさい、宇垣も重傷を負った。加療後、ふたたび現役に復帰し、昭和十九年二月二十五日、「大和」「武蔵」をふくむ第一戦隊司令官に任命されていた。

ついでに、宇垣のその後について触れておくと、彼は戦争末期に第一航空艦隊の司令長官になり、B29長距離爆撃機と空母機動部隊による日本本土空襲を迎え撃つ防衛戦を指揮した。わが国が降伏を決めるや、みずから航空機に搭乗し、機もろとも上空から海中に突入して死んだ。

ところで、宇垣司令官から大本営への被害速報では、「愛宕」以下三隻の落伍は敵潜三隻の攻撃によるとなっていたが、戦後に判明した米軍資料では、「愛宕」「高雄」は米潜ダーター、「摩耶」は同デースの雷撃によるものとされている。

栗田の「大和」移乗は、当初一三〇〇に予定された。しかし、その日は一一〇〇～一四三〇の間に七回もの対潜警報が発せられ、うち二回は全員が戦闘配置についた。また、敵の幻影に対し、駆逐艦が爆雷投下したりして、実現するにいたらなかった。結局、もっとも安全な時刻として、薄暮時がえらばれた。

一五四〇、「岸波」を「大和」の舷側に横づけして、栗田長官と幕僚、および「愛宕」乗員を移乗させることになった。

一六二三、「大和」に長官旗が移揚され、同艦の将旗は二本となった。おなじころ、「摩耶」の生存者も「武蔵」に移乗した。そのなかに艦長の大江覧治大佐の姿はなかった。

二艦司参謀の希望は、不幸にして実現した。栗田長官は乗艦の沈没という犠牲のうえに、「大和」艦上で指揮する希望をはたしたのである。

長く軽快艦隊である第二艦隊の筆頭戦隊だった第四戦隊の四艦は、戦場に到着する以前の段階で、乗員の「敵撃滅の夢」をかなえることができないまま、中破一隻をふくむ三隻が脱落してしまった。戦わずして、海の藻屑《もくず》と化したのである。

海軍部は心痛した。作戦の初頭に早くも重巡四隻を戦列からうしない、護衛のため駆逐艦二隻を切り離したことを。とくに、艦隊旗艦が撃沈されたことにともなう、第二艦隊司令部や第一遊撃部隊におよぼす士気低下を懸念した。

思えば、わが重巡群は開戦以来、南から北へ、西から東へとめざましい活動をつづけ、数多くの戦果をあげてきた。一連のソロモン作戦で、第六戦隊所属の「加古」「古鷹」「衣笠」をうしなったのと、それに先んじるミッドウェー海戦時に、僚艦「最上」と衝突、敵機の爆撃もうけて沈没した「三隈」をのぞき、強運にも生命をながらえ、この決戦にのぞむことができた。

これは奇跡といっていい出来事であった。

そして、第四戦隊の三艦が戦列から消えたのに、不思議に「鳥海」だけが残った。敵潜の魚雷も、「鳥海」だけは避けた。

艦長はこの年の六月六日、前任者有賀幸作大佐にかわった田中穣大佐である。おなじ隊列にあって、「鳥海」だけはカスリ傷ひとつ負わずにパラワン水道を通過しえた。「鳥海」が第四戦隊の三番艦だったことが、幸いしたという見方もできよう。「愛宕」「高雄」つづいての「摩耶」への雷撃で、近くに敵潜がいることに気づいた栗田部隊の護衛駆逐艦群が爆雷攻撃をしかけたため、急速潜航したり、現場を退避したりした。そこで米潜ダーター、デースが「鳥海」を雷撃する機会を逸した、との推測である。

事実、米側の資料では、ダーターは次の攻撃を準備中に海峡中間のサンゴ礁に乗りあげ、座礁した。その後、栗田部隊の通過を待って救援艦に乗員を移乗させ、翌二十四日、雷撃処分したことになっている。

そこで、ダーターの「SOS」をうけたデースが、僚艦救援のため、攻撃を中止して現場に急行したことが、「鳥海」以下の栗田部隊各艦に幸いした、との想定もなりたつ。一般に敵潜の魚雷攻撃を避けるには、見張りと操艦技術に長じていることが、すべてに優先してモノをいう。それは艦長、航海長以下、多くの乗員の沈着冷静な判断と対応、たえざる技量向上の努力などの相乗によってもたらされる。「摩耶」など三艦の遭難者の証言によれば、敵潜の魚雷の疾走してくるのが目撃できたという。たくみな回頭で命中を回避した例は、すくなからずある。心技一体の成果があがったればこそ、運を呼びこむことができたのである。

栄光の第四戦隊は、ついに「鳥海」だけとなった。孤艦となっては、もちろん戦隊としての戦力発揮は期待しえない。「鳥海」は第五戦隊（旗艦妙高と羽黒の重巡二隻）司令官橋本信太郎少将の指揮下に入った。

「武蔵」姿を消す

「大和」に移乗した第一遊撃部隊司令部要員のなかに、通信幹部はふくまれていなかった。通信参謀や通信長、通信要員は「朝雲」に収容されており、「朝雲」は大破した「高雄」を護送のためブルネイに向かい、今次作戦に参加できなくなった。

このことが、二十五日を頂点とするレイテ沖海戦における通信の混乱に、微妙に影響してくる。

栗田の第一遊撃部隊は、初動でつまずきをみせ、司令部の移動など時間的なロスもあったが、その後は終日、ほぼ計画どおりに航行をつづけ、カラミアン諸島を通過して北上し、ついで東北に進んだ。

また、二二〇〇ごろには、第一遊撃部隊第一部隊の第二水雷戦隊旗艦の「能代」から、敵潜一隻の無線電話を傍受した、と報告された。

二水戦司令官の早川幹夫少将は、第一次ソロモン海戦前後の「鳥海」艦長だった。あとで触れるように、レイテ沖海戦で敵艦載機連続襲撃で大破し、航行不能におちいることになるが、これを雷撃で自沈させ、「鳥海」生存者を収容したのは早川司令官指揮下の第三十二駆逐隊所属の「藤波」であった。「鳥海」とは浅からぬ因縁といえよう。

二三一九、針路を東にかえ、ミンドロ海峡に向首した。その間の二〇三四、連合艦隊司令部から、同日正午以前の不祥事にもとづく同司令部としての状況判断を知らせた電報を受けた。

その内容は、米軍は日本艦隊の集結に気づいていること、日本艦隊に反撃するため、敵潜がサン・ベルナルジノ海峡やスリガオ海峡方面に配置されるであろうこと、敵重爆や空母機による空襲が翌朝からはじまるであろうこと、さらに、米艦隊が決戦をいどんでサン・ベルナルジノ海峡の東方とレイテ湾内とに集結するであろうこと――などが推定されていた。

連合艦隊司令部は、このような判断を示してからも、出撃部隊に対し決然と、当初の計画どおり作戦を継続するよう命じた。

それは海上兵力の劣勢をおぎなうため、米艦隊を北方に引きよせるよう努力する必要があること、潜水艦の雷撃に対し厳重な警戒を要すること、米空母の艦上機が前進する日本艦隊を攻撃している間に、わが基地航空兵力が敵空母を撃滅する必要があること、などによる。

二十四日〇一三〇〜〇二〇〇の間に、第五戦隊の「鳥海」「羽黒」から対潜警報が発せられ、各艦は戦闘配置についた。しかし、攻撃はなかった。

夜明け、栗田部隊はミンドロ島南方を通過していた。

〇六三〇以降、二六ノット即時待機として、シブヤン海に進出した。

〇八〇〇、栗田部隊は対空警戒序列をとり、第一、第二部隊は戦艦、巡洋艦を内側にして、駆逐艦でとりかこむ輪形陣をつくった。十分後、最初の敵機が発見された。

敵空母の三機からなる哨戒機隊で、北方に姿をあらわし、大空に軌跡をえがいたが、攻撃することなしに飛び去った。
○八一○、栗田主隊は米空母の哨戒機隊を発見後、ただちに二四ノットに増速、一日を要する見込みであった最初の戦闘をはじめる準備をととのえた。しかし、攻撃を実施することなく、主隊は二○ノットの巡航速度に落とすと、之字運動をはじめた。
それから一○二五までの間に、主隊のレーダーは六回も敵機との接触を示したが、敵機は接近してこなかった。旗艦「大和」は、別行動の敵空母機の小編隊と、B24爆撃機二機を視認したと報じた。

一○○○直前、「能代」と「秋霜」は、敵潜の潜望鏡を発見した、と報告した。また、レーダーの連続接触は、東方より敵機の接近を知らせた。

一○二五、約三○機の敵編隊が右舷側正面の沖合いに視認された。一分後、主隊の高角砲群が、一斉に対空射撃をはじめた。二四分間つづいた艦対空戦闘で、わが方は「武蔵」と第五戦隊旗艦「妙高」が損傷した。

二十四日、シブヤン海に進出した栗田部隊は、夕刻にはサン・ベルナルジノ海峡を突破する予定であった。

この日○八三○〜一六○○の間、栗田部隊は前後六次にわたり、正規空母を軸とする米第三艦隊の艦上機延べ約三五○機の雷爆撃をうけ、一○二九、「妙高」は雷撃機の魚雷一本の命中で右舷艦尾に大穴があき、速力が一五ノットに低下して落伍した。

「鳥海」をあらたに編入した橋本司令官指揮の第五戦隊は、旗艦を「羽黒」に変更、「鳥海」との二隻となった。

ついで栗田部隊をささえる最強力の双頭兵力の一つ、「武蔵」が集中攻撃をうけた。「武蔵」は一〇二五から二四分間つづいた第一次戦闘で、右舷に魚雷一本、一二〇七から八分間の第二次戦闘で、爆弾、魚雷各二、一三三一～一三五〇の第三次で爆弾四、魚雷三、さらに一五一〇から一五分間に爆弾一〇、魚雷四を受けた。これで「武蔵」にはこの日、魚雷一〇本、爆弾一六発が命中したことになる。

「武蔵」はまずコロン湾への回航、ついでシブヤン島北岸への座礁を企図したが、応急修理も効果なく、左舷への傾斜増大により、一九二〇、総員退去が下令され、一九三五に沈没した。乗員二二〇〇人の半数が「武蔵」と運命をともにした。

第四代艦長の猪口敏平少将は、「武蔵」の傾斜が大きく、復原は絶望とみられたとき、第二艦橋に副長の加藤憲吉大佐以下の幹部を集めて労をねぎらい、一人ひとりに握手して感謝の言葉を述べたあと、加藤副長に遺書をしたためた手帳をわたし、連合艦隊司令長官にわたして欲しいと頼んだ。

遺書の末尾に、「海軍はもとより、全国民に絶大なる期待をかけられた本艦をうしなうこと、まことに申しわけなし。ただ本海戦において他の各艦にほとんど被害なかりしことは嬉しく、何となく被害担任艦となりえたる感ありて、この点いくぶん慰めとなる」とあった。

この手帳を受けとった加藤大佐は、開戦時の中佐時代、渡辺清七艦長のもとで「鳥海」副長をつとめていた。

西村支隊の悲劇

第一遊撃部隊の支隊である第三部隊の「山城」「扶桑」「最上」と第四、第二十七駆逐隊の駆逐艦四隻をくわえた七隻は、レイテの南湾口から突入する指示のもとに、二十二日一五〇〇、ブルネイを出撃した。

戦艦「山城」座乗の第二戦隊司令官西村祥治中将の経歴は、栗田長官の実戦部隊に終始したそれと似ている。開戦まで三二年をこえるキャリアのほとんどが艦船勤務で、陸上で生活したのは海軍大学校在校中の一〇ヵ月間にすぎなかった。

多くの〝海の男〟がたどったように、彼も駆逐艦、巡洋艦、戦艦の艦長を歴任したのち、水雷戦隊や戦艦戦隊の司令官になった。昭和十九年九月十日、六ヵ月間の軍令部出仕をおえ、そのとき、練習艦隊から実施部隊の第二艦隊に編入されたばかりの第二戦隊司令官に任ぜられた。

内地を出発した第二戦隊は、十月十日にリンガ泊地に到着、捷号作戦の発動で第三部隊指揮官となった。

リンガ集結が遅かったり、敵の空襲があったりして、第三部隊は出撃前に、まとまって訓練をする機会がなかった。中将の西村と各艦の艦長とでは、階級もキャリアも違いすぎた。

ブルネイ碇泊中、各艦の艦長は「山城」に招集され、戦術の打ちあわせをした。西村と一部参謀は、作戦計画を熟知しているとして、顔を見せなかった。

西村は首席参謀と、「山城」艦長をして、作戦遂行には細心さと精神力の集中、継続が必要であると、各艦艦長に伝えさせた。

「レイテ湾北部にある浅瀬を警戒するように注意された。われわれは最善の努力をする決心をした。それから酒を飲んだ」

と、出席者の一人だった「時雨」艦長はいう。

西村支隊は、ボルネオ北部海域に出没の疑いのある米潜を避けるため、西北に大迂回する航路をとった。夕方、針路を東北に転じ、二十三日、バラバック海峡を通過して、スルー海にはいった。

ここで支隊は、モロタイ基地の米長距離機に発見されないよう、北に転進した。二十四日零時以降、支隊はミンダナオ海の西入口をめざし、東南よりのコースを航行していた。その後、ネグロス島西南域をめざして東北に向首、一二〇〇、ほぼ同地点に達した。

その間、「最上」はレイテ方面偵察のため艦載機一機を発進させ、同機は〇七〇〇前、レイテ湾上空に達し、敵情を報告してきた。これによると、湾の南水面に米軍の戦艦四、巡洋艦二隻があること、上陸地点の海岸沖合いに輸送船らしきもの八〇隻が在泊していること、スリガオ海峡に駆逐艦四隻と若干の小舟艇、レイテ島東南約四〇海里に駆逐艦一二、空母一二隻からなる艦隊が存在すること、などを通報した。

「最上」機の報告は完全とはいえないものの、レイテ方面の米艦隊についての最善の情報であり、一四〇〇、西村はこの敵情を栗田に転電した。実際にレイテ湾内に在泊していたのは、戦艦六、巡洋艦六隻と、駆逐艦三〇隻以上で、空母はいなかった。

支隊はネグロス島南方に近づいた〇九一〇、米空母の捜索機隊に発見され、攻撃をうけた。

デビソン少将の指揮するサマール島沖在の第四機動部隊の約二〇機が、二番艦「扶桑」の右舷と艦尾から急降下爆撃し、戦隊序列の左側後尾で警戒護衛していた「時雨」の艦上をかすめて飛び去った。

「扶桑」艦尾のカタパルト付近に爆弾一発が命中、艦載機用ガソリン貯蔵所が炎上し、偵察機もろとも焼失した。火災は一時間つづいたが、戦闘能力にさしたる影響はなかった。

駆逐艦「時雨」にも被甲爆弾一発が命中して、第一砲塔を貫通し、砲塔内で爆発、砲塔の全員が焼死した。「時雨」と「扶桑」いがいの各艦には被害がなく、支隊は予定の航路を予定の速力で航行した。

その後、西村支隊はミンダナオ海の島にかこまれた海域を、航空機、潜水艦にさまたげられることなく、東進をつづけた。

同夜、海軍部に西村から、「二十五日〇四〇〇、ドラッグ沖に突入の予定」との電報がはいった。


「全軍突撃せよ」

第一戦隊の戦艦群は、「武蔵」が集中雷爆撃で沈んだほか、「大和」が第一砲塔前部、「長門」も通信施設などの被爆でかなりの損害をだした。第十戦隊は旗艦の軽巡「矢矧《やはぎ》」が至近弾、駆逐艦「清霜」が直撃弾で被害をうけた。

対空戦闘を強要されたことで、栗田部隊のサン・ベルナルジノ進出予定は大幅に遅れた。海軍部、連合艦隊司令部は、味方部隊の被害増大に重苦しい空気に支配され、栗田との間で緊迫した電報が往復した。それ以上に、栗田司令部の怒りと不満は大きかった。

栗田の戦況認識を当日の戦闘詳報から拾うと、次のようになる。

敵の空襲はしだいに頻度と機数を増しているのに、ラモン、レガスピー方面にある敵機動部隊に対する基地航空部隊、機動部隊本隊の成果には見るべきものがなく、海空協同作戦は実効をあげていない。このため、第一遊撃部隊は孤軍奮闘し、被害の増大を招いている。

このまま東進すれば、艦隊は日没前にシブヤン海東方の狭い海域において、敵機の攻撃を受けるおそれがある。

栗田は豊田連合艦隊司令長官あてに、一六〇〇、シブヤン海の北緯一三度、東経一二二度四〇分（針路二九〇度、速力一八ノット）において、次のような意見具申電を発した。この電報は、海軍部も同時に受信した。

「航空攻撃に策応し、第一遊撃部隊主力は日没一時間後、サン・ベルナルジノ海峡強行突破の予定にて進撃せるも、〇八三〇より一五三〇まで、敵艦上機来襲延べ機数約二五〇機、漸次、頻度および機数を増大しつつあり。

これまでのところ、航空索敵攻撃の効果も期しえず、被害累増するのみにて、ムリに突入するも、いたずらに好餌《こうじ》となり、成算期しがたきをもって、一時、敵機の空襲圏外に避退し、友隊の成果に策応し進撃するを可と認めたり」

海軍部はこの電報や、それまでに入電した艦対空戦闘の状況から、栗田の主隊が進撃をつづければ、サン・ベルナルジノ海峡到着以前に全滅するかもしれないと危惧《きぐ》した。その一方で、全作戦部隊は栗田部隊のレイテ湾突入を前提として行動しているので、基準日をくりさげることは、補給ひとつを考えても不可能に近い。

栗田部隊が後退すれば、捷一号作戦全体が瓦解し、日本海軍が米海軍に決戦を挑む機会はなくなるであろう。開戦以来、まだ空母をのぞく大部分の艦艇を保有している。いま決戦を強行しなければ、栄光の艦隊は名存実亡とならざるをえない。

海軍部は及川古志郎総長、伊藤整一次長以下の全員が、栗田の具申意見に反対だった。この意向を連合艦隊司令部に伝えたところ、豊田司令長官から「再進撃の命令を発した」との連絡を受けた。

豊田連合艦隊司令長官は苦戦する栗田の胸中を察し、苦しい選択をせまられたが、ことここにいたっては、作戦を続行する以外に方法はなかった。

同二十四日一八一三、捷号作戦全部隊に対し、「天佑を確信し全軍突撃せよ」と激励電を発した。

一九一五、栗田部隊はブリアス島の南方海域まで前進した。このとき、旗艦「大和」が豊田連合艦隊司令長官の攻撃命令を受電した。

一九五九、豊田は栗田にかさねて「突撃せよ」と命じた（この電文は小沢、大西、福留、三川、西村、左近允の各司令長官にも通報された）。つづいて連合艦隊の草鹿参謀長は栗田に、本命令の背景を親展電報で、次のように説明した（小沢、大西、福留、三川にも通報）。

「一、第一遊撃部隊が引き返せば捷号作戦の根基がくつがえり、今後、海上部隊突入の機はふたたび来らざるべし。
二、わが基地航空部隊および機動部隊本隊は、今夜より黎明時にかけて敵機動部隊に対し攻撃を決行、相当の成果を期待し得べし。
三、第二遊撃部隊の突撃により、少なくとも第二戦隊および第二遊撃部隊は突入の機を捕捉し得べく、第一遊撃部隊はサン・ベルナルジノ突入の機はたとえ遅るるも、明日昼戦において少なくともわれを阻止せんとする敵海上部隊と決戦の機を捕捉し得べし」

栗田部隊の動向を注視していた海軍部は、その後、一九三九発で栗田がミンドロ島サンホセ所在の同隊派遣水上機部隊指揮官あてに、「第一遊撃部隊進撃中、レガスピー東方、サマール島東方およびレイテ湾の総合敵情を速報せよ」と打電したのを傍受した。

これにより海軍部は、栗田部隊が東進中と判断し、作戦続行の希望をつないだ。だが実際には、栗田は一五三〇に反転して、針路二九〇度とした。

一七一四に空襲が中絶したのを見て、ふたたび反転して東に針路をとった。

第三部隊の西村は、栗田主隊が悪戦苦闘しているのを知っていた。豊田長官からの「全軍突撃せよ」の指令を受けた西村は、もはや主隊との協同行動は不可能である、第三部隊だけで突撃するには、夜戦を挑む以外に手段はない、と判断したようだ。

二一四五、栗田は麾下全部隊に対し、これまでの作戦を修正した新しい戦闘計画表を、次のとおり電信で布告した。この電文は同二十四日深夜、海軍部に届き、同部は栗田部隊の動向を掌握することができた。

「一、第一遊撃部隊（戦艦四、重巡六、軽巡二、駆逐艦一一隻）は二十五日〇一〇〇、サン・ベルナルジノ海峡通過、サマール島東方を接岸南下、〇六〇〇頃、北緯一一度二七分、東経一二五度四五分、スルアン島灯台の北北西四二海里付近、一一〇〇頃、レイテ泊地突入の予定。

二、第三部隊は予定どおりレイテ泊地に突入後、二十五日〇九〇〇、スルアン島の北東一〇海里付近において主隊と合同せよ」

この時点までに戦列を離れたのは、「武蔵」「愛宕」「摩耶」「妙高」、それに損傷した「高雄」の護送に「長波」「朝霜」、また「武蔵」の護衛に「浜風」「清霜」の各艦である。

栗田は西村部隊がレイテ泊地で目的を達成し、主隊と合同できると考えていたようだ。また主隊についても、同様に判断していたものと推定される。

これに対し海軍部では、西村部隊が泊地突入後、栗田部隊に合同できるとは考えていなかった。また、栗田部隊はサン・ベルナルジノ海峡突破時に、待ちうけている敵艦隊と砲火を混じえるものと予想していた。

二二一三、栗田はかさねて、強い決意を示した次の訓令を打電した。

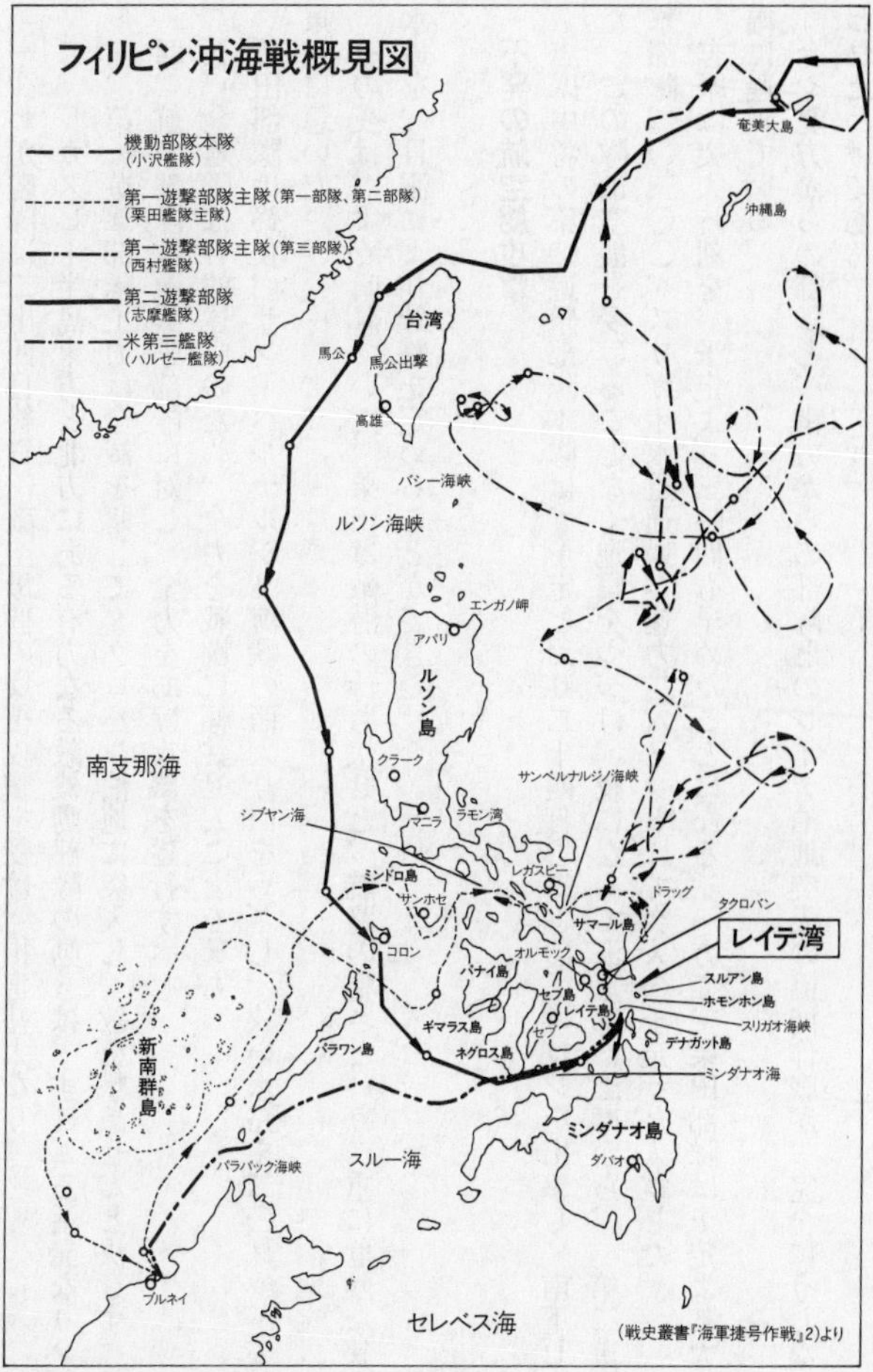

フィリピン沖海戦概見図

(戦史叢書『海軍捷号作戦』2)より

「一、わが艦隊は二十四日終日、敵空母機の反復攻撃を受け、損害甚大なり。
二、レガスピー半島東方と北方にある有力なる敵機動部隊の動きは、すこぶる活発なり。
三、第一遊撃部隊主力は全滅を賭してタクロバン泊地に突入し、敵を撃滅せんと決意す。
四、航空部隊は敵機動部隊に対し、全力をあげ攻撃を遂行すべし。
五、全艦隊は目的達成のため、全力を戦闘に傾注せんことを望む」

栗田部隊は終夜、サン・ベルナルジノ海峡の西入り口をめざし、狭い水路を二〇ノットで東方に急いだ。

その夜は、よく晴れていた。栗田は敵潜の待ち伏せと、航路の狭さという二重に危険な狭水道を、目測により針路を定めることができた。

不発の航空総攻撃

志摩中将の第二遊撃部隊本隊は、予定どおり二十四日〇二〇〇、コロンを出撃して南下した。この隊は空襲を受けることなく進撃をつづけ、夜になって海軍部に志摩から、「第二遊撃部隊、〇三〇〇、スリガオ水道通過、速力二六ノットにて突入の予定」と入電した。

志摩は突入時刻を、予定より三時間も早めたことになる。一方で、栗田部隊は予定より大幅に遅れている。

今や北方からの部隊と、南方からの部隊とのレイテ泊地突入の協同作戦が、完全にうしなわれたわけである。

志摩本隊から分派され、マニラへの基地物件の輸送をおえた第二十一駆逐隊の「若葉」「初春」「初霜」は、本隊に合同するためミンドロ島南方を南下中、敵艦上機の攻撃により「若葉」が沈没した。この遭難で、同駆逐隊はマニラに回航し、志摩部隊は勢力の増強をはたせなくなった。

第二遊撃部隊の左近允警戒部隊は、カガヤンからオルモックへ陸兵を揚陸させるため二十四日早朝、マニラ泊地発、カガヤンに向かう途中、マニラ湾口で敵艦上機の爆撃をうけ、「鬼怒」「浦波」が損傷した。

二十四日は、航空総攻撃の日だった。この日、出動可能な航空兵力は、海軍が機動部隊本隊の一一六機、第一航空艦隊五〇機、第二航空艦隊（第三、第四航空戦隊の飛行機をふくむ）三九五機をはじめとする計七三一機、陸軍が戦闘機三二〇、爆撃機二七二、偵察機二四機をふくむ計七一六機、このうち実働兵力はそれぞれ七割程度の海軍五一〇機、陸軍五〇〇機前後と見込まれていた。

大西中将指揮下に神風特攻隊が編成されていたが、出撃の機会をえなかった。福留繁中将指揮下の基地航空隊は、ルソン東方洋上にシャーマン少将が指揮する第三機動群を発見し、これを一八九機の大編隊で攻撃した。

小沢の機動部隊本隊もこの敵目標に対し、ルソン島北東端エンガノ岬沖から第一、二次計五〇機を発進させ、第二次攻撃隊の一八機が奇襲に成功、「正規空母一隻に黒煙、他に白煙を認む」と報告した。

前後して福留部隊から、「大型空母二隻に直撃弾三発、戦艦、巡洋艦各一隻中破炎上」の戦果報告があった。

この日、わが航空部隊が撃沈したのは、軽空母プリンストン一隻だけで、他に空母一隻に損傷をあたえている。戦場上空には密雲があって、わが部隊の行動をさまたげたとはいえ、投入した機数にくらべて戦果は微々たるもので、海軍部の期待を裏切った。

これに対してわが海上部隊は、フィリピン東方洋上の米機動部隊から大空襲をうけ、支離滅裂の状態におちいった。

栗田部隊が二十四日朝から、六波にわたる激しい空襲をうけたことは、この段階まで、小沢機動部隊の牽制作戦が奏功していないことを示していた。そこで小沢は、第四航空戦隊司令官松田少将を指揮官とする前衛部隊を本隊から切り離し、二十四日午後、南下させた。

海軍部は松田からの行動報告により、「日向」「伊勢」「初月」「若月」「秋月」「霜月」が別働中なのを知った。そして同深夜、小沢長官が松田に、「すみやかに北方に離脱せよ」と命じたことから、前衛は敵部隊と接触したものと判断した。

小沢からの入電はすくなく、海軍部では機動部隊本隊の行動を掌握できずにいた。じつはそのころ、小沢部隊から攻撃をうけたシャーマン少将は、二十四日午後、北方海域の索敵を実施した。この索敵機隊は午後遅く、艦上機収容のため西行している小沢部隊の空母群をはじめて発見した。

通報をうけたハルゼー大将は、小沢部隊を日本の主力部隊と誤って判断し、翌朝、小沢部隊を攻撃するため、同日午後八時すぎ、全機動部隊に北上を命じた。小沢の〝オトリ作戦〟は、予想より遅れたものの、成功したのである。しかし、日本海軍では、連合艦隊も、軍令部でも、このことに気づいたものはいなかった。

サン・ベルナルジノ海峡

十月二十五日、つまりX《エックス》日が訪れた。捷一号作戦の成否は、すべてこの日にかかっていた。

第一の鍵は、栗田主隊が無事にサン・ベルナルジノ海峡を通過できるかどうかであった。狭水道を大艦隊が単縦陣で出るところを、敵艦隊が待ちうけ、「大和」「鳥海」以下のわが艦艇をつぎつぎに砲撃すれば、栗田部隊はひとたまりもない。だが、案ずるより産むがやすしで、何事も起こらなかった。

小柳冨次連合艦隊参謀長は、まるで「キツネにつままれたように感じた」と述懐した。これには米海軍の混迷があった。小沢機動部隊のオトリ作戦に、まんまとひっかかったのである。

ハルゼー大将は二十四日夕刻から北上するさい、リー中将の新型戦艦群を同海峡にひかえさせておくことを考えたが、実行せずに全艦隊をひきいて北上してしまった。このことが後日、ハルゼーとキンケード両提督との間で、激しい論争をまきおこす原因となる。

この日、三つの戦闘がおきている。交戦の時間的な経過からみると、最初がスリガオ海峡の戦闘であった。

西村、志摩の南方部隊は、予定どおりスリガオ海峡を突破して敵泊地に突入しようとしたが、水道北口で待ちうけていた敵艦隊と交戦し、壊滅的打撃をうけた。

第二は、サマール島沖での栗田の中央部隊と、米機動部隊との遭遇戦である。敵空母群が栗田部隊の視界内に入るという、海戦の常識にはない、彼我ともに予期せぬ出来事だった。

第三は、ルソン島エンガノ岬北東海域における小沢の北方部隊と、米機動部隊との戦闘である。エンガノ岬沖海戦と呼ばれるこの戦闘は、彼我機動部隊間の海空戦であった。

そして三つの戦闘とも、敵にあたえた打撃はあまりにもすくなく、味方のはらった代償はあまりにも大きかった。

以下、「鳥海」の沈没にいたる栗田部隊の戦闘経過を中心に、スリガオ海峡戦、エンガノ岬沖海戦にも触れてみよう。


二十五日〇一三〇、まず西村部隊は敵魚雷艇群と交戦しつつ、スリガオ海峡南口を縦列で通過した。

オルデンドルフ少将の指揮する米第七艦隊砲火支援群の戦艦六、重巡四、軽巡三、駆逐艦二八、魚雷艇三九隻は、海峡北端をT字形に横断して布陣していた。西村部隊は側背からの魚雷艇、駆逐艦協力の襲撃につづいて、戦艦、巡洋艦群の一斉射撃を受け、砲門をひらく前に「山城」「扶桑」の戦艦と「満潮」以下三隻の駆逐艦をうしなった。

米第七艦隊の指揮官はトーマス・C・キンケード少将であった。レイテ上陸部隊の援護射撃、上空護衛、対空対潜警戒などの上陸作戦支援を任務としていた。オルデンドルフ少将の砲火支援群は、もちろんキンケードの指揮下にあり、六隻の戦艦はいずれも旧式で、しかもそのうちの五隻は、真珠湾の海底から引き揚げて修理した、いわくつきのものであった。

西村が麾下部隊に発した最後の命令は、「我魚雷を受く。各艦は前進して敵艦隊を攻撃せよ」だった。その後、後続の志摩から、「第二戦隊全滅、最上大破炎上」が入電した。第二戦隊で生き残ったのは、駆逐艦の「時雨」一隻だった。

志摩部隊は戦場に到着するや、ただちに魚雷を発射し、「当隊襲撃終了、戦場を離脱し、後図を策す」と打電、コロンに向け引き揚げた。やがて志摩の乗艦「那智」と、炎上中の「最上」とが衝突したことが判明した。

敵艦隊発見

二十五日に入った。栗田の第一遊撃部隊は星空のもと、サン・ベルナルジノ海峡を通過中であった。ルソン島南端とサマール島北部との間を東西に延びるこの水道を通り抜ければ、太平洋側のフィリピン海である。

大艦隊が狭水道を通過するさいは、極度の緊張を強いられる。栗田は海峡突破が容易でなく、海峡を出ても、隊形をととのえる前に攻撃されるであろうことを予期していた。

〇〇三七、栗田部隊は敵艦隊と接触することなく、無事に海峡を突破し、フィリピン海に前進した。小沢機動部隊による米主力艦隊の北方誘致作戦が、この段階ではじめて奏効したのである。当初の予定より、二〇分ほど早い通過であった。

栗田部隊の戦艦四、重巡六、軽巡二、駆逐艦一一、計二三隻は、中央に「大和」以下の戦艦隊、前程に「鳥海」などの巡洋艦や駆逐艦群を三角形状に配した夜間接敵陣形のもと、以後〇三〇〇まで東進、それから東南に変針して、戦闘計画表どおりにサマール島東海岸沿いに航行した。

〇二三〇、第三部隊の西村から、同部隊がスリガオ海峡に入ったこと、魚雷艇数隻を視認した以外に、米艦隊の陣形についての情報のないこと、などを報じてきた。

〇三三五、西村は、敵艦三隻を認めた、と通報した。

〇五三〇ごろ、栗田部隊は夜明けにそなえて、対空警戒輪形陣をつくり、艦隊は各五キロ間隔ごとの数部隊にわかれて航行しながら、「大和」を中心に集結した。

〇五三二、志摩の第二遊撃部隊から、西村の第三部隊が潰滅し、「最上」が火災を起こしていることを報じた。志摩部隊からの通信は、これが最後になった。

よく晴れていた空が、時間が経つにつれ曇りだした。夜気は暖かく、暗くなり、海上一帯に重い雲がたれこめ、ときおりスコールに見舞われた。視界はおおむね良好で、東北東より八ノットの風が吹き、海上にはすこし低いうねりがあった。

夜明けが訪れようとしていた。また天候が回復し、晴れてきた。陽光がさし、低い積雲の数は減りつつあったが、まだ海域の上空一帯に散らばっていた。

「大和」の戦闘艦橋では、艦隊旗艦「愛宕」から移乗した栗田が右前方の仮椅子に座し、そのうしろに小柳参謀長以下の幕僚連がひかえていた。一方、左前方には当初から「大和」に将旗を掲げていた第一戦隊の宇垣司令官と三人の参謀が一団となっていた。このほか、もちろん「大和」固有の戦闘配置についている航海長津田中佐以下の幹部もつめており、全部で三〇人近くを数えた。

栗田本隊は二十五日〇六〇〇、スルアン島灯台の三五八度、八〇海里付近に進出した。日出は〇六一四である。まもなく日の出となったが、太陽は見えなかった。〇六二三、「大和」のレーダーは敵航空機を探知した。

〇六四〇、「鳥海」が「大和」に、二二〇度方向、距離二四キロに敵機をレーダーで探知した、と通報してきた。やや遅れて「熊野」から、一一〇度方向に敵機を認めた、と旗旒信号で伝えてきた。栗田部隊は針路を東南から真南に変えた。

〇六四四、栗田部隊は、スルアン島灯台の三五七度、六〇海里に達した。時間にしてレイテの湾口到着まで三時間、湾内の敵泊地突入まで五時間の位置である。

すでに夜は明けている。突然、「大和」の見張りは一二五度、三七キロの水平線上に、敵艦隊のマスト七本を視認した。

〇六四五、同方向にグラマン艦攻三機を発見した。

栗田は、これを艦上機の一部を発進中の敵空母六～七隻を中心に、巡洋艦、駆逐艦多数を随伴する大機動部隊と判断した。

この米艦隊は、ファンショー・ベイを旗艦に、セント・ロー、ホワイト・プレーンズ、カリニン・ベイ、キトカン・ベイ、ガンビア・ベイからなる護送用の空母六、ホール、ヒアマン、ジョンストンの駆逐艦三、デニス、ジョン・C・バトラー、レイモンド、サミュエル・B・ロバーツの護送用の駆逐艦四、計一三隻編成の機動部隊で、巡洋艦、戦艦はともなっていなかった。

六隻の護衛空母の速力は最高一八・五ノットで、栗田部隊のいずれの艦より遅かった。ちなみに、栗田指揮下の第一遊撃部隊主隊五一隻中、速力がもっとも低いのは第一部隊第一戦隊の「長門」で二五ノットだった。おなじ戦隊の「大和」は二八ノットだから、戦隊行動では低速の「長門」にひっぱられる。それでも会敵した米機動部隊より、はるかに優速である。また、おなじ戦艦でも第二部隊第三戦隊の「金剛」「榛名」は三〇ノットの高速をもつ。なお、最高速は第二部隊二水戦の駆逐艦「島風」で、三九ノットを超えた。

栗田は戦闘詳報のなかで、この時の情況判断と決意を、次のように述べている。

「一、彼我ともに予期せざる情況において、突如会敵せり。

二、敵はあらゆる手段を講じつつ我より離脱して、彼我の距離を大ならしめ、できれば風上側に占位して、反覆、一方的航空攻撃を企図すべし。

三、我は天与の戦機を捕捉すべく、現陣形のまま全速をもって敵に接近し、まず敵空母の発着機能を封殺、敵機動部隊を殲滅《せんめつ》するに決す」

〇六四七前後、戦艦「榛名」は艦上空にあらわれたグラマン艦攻二機に対空砲火を浴びせた。
○六四八、「大和」の一二・七センチ連装高角砲六基も対空戦闘に参加した。グラマンはすこし前に「大和」の見張りなどが発見した敵空母から、哨戒のため発進したものだった。
○六五○、栗田部隊の全艦が敵艦隊を視認した。
敵発見と同時に、第一戦隊の左斜前に占位していた重巡部隊の第五、第七戦隊は、東方に進出した。
○六五九、栗田司令長官は、各戦隊に戦闘開始を下令した。まず「大和」の主砲が三万一○○○メートル前方の敵空母群に向け、第一斉射を浴びせた。敵機動部隊への第一撃は、巡洋艦でも、駆逐艦でもなく、世界最大の基準排水量六万四○○○トンを誇る超弩級戦艦の四六センチ主砲だった。
○七○○、第一戦隊二番艦の「長門」が砲門をひらいた。「大和」「長門」の両艦にとって、この艦対艦砲戦は、ともに就役以来はじめてであった。
○七○一、巡洋戦艦「金剛」「榛名」の主砲が火を吐いた。これで栗田部隊の全戦艦が戦闘に参加した。
第一、第三戦隊の戦艦主導によるサマール島沖海戦は、日本艦隊の先制攻撃により幕をあけた。

「大和」の三連装主砲の最大射程は四万二○○○メートル、「長門」の四○センチ連装主砲は同三万七九○○メートル、「金剛」「榛名」の三五・六センチ連装砲は三万五四五○メートルだから、砲戦距離には問題ない。ただ、巡洋艦戦隊だと、最強の「鳥海」でも最大射程は二万九七〇〇メートルなので、この距離では射程がやや不足する。

サマール島沖海戦

そのころ第一戦隊の「大和」「長門」は、十戦隊旗艦「矢矧」と、所属する駆逐艦四隻を先頭に、二水戦旗艦「能代」と所属の駆逐艦七隻を右舷正横に随伴して、東南よりの針路を進んでいた。

旗艦「大和」の左舷艦首の沖には、第五、七戦隊の「鳥海」など重巡六隻が陣形をととのえつつあり、混乱を収拾しようとしていた。

艦隊序列の左側後尾の沖では、「榛名」が離合集散する敵を求めて猛進していた。

「金剛」は〇六四八、信号を発することなく、東方に変針し、艦隊序列の左正横の七海里沖で単艦ながら、追撃を急いでいた。

〇七〇六、「大和」が針路を七〇度に変えたとき、「榛名」が「大和」の艦首を横切って左舷に後退した。

大艦隊が巡航序列を転換しようとしているとき、降って湧いたような敵艦隊出現と、それへの攻撃開始だったから、陣形づくりが手間どったり、統制ある行動とはいいえない事態の発生を避けられなかったのかもしれない。

宇垣第一戦隊司令官は、艦隊司令部の列向変換、展開方向指示をはじめ、戦艦戦隊の砲戦、運動指揮に疑問をもった。宇垣は艦隊の次席指揮官であったし、戦艦戦隊の戦闘指揮には、栗田より一日の長がある、との自負心を持っていた。

宇垣は小柳参謀長を通じ、栗田に二度にわたり意見具申し、戦艦戦隊の戦闘指揮は自身の判断で行なうことについて、栗田の了解をとりつけた。

敵機動部隊は、煙幕を展張しはじめた。それが北よりの微風にのって低く南へ流れてゆく。おりから激しいスコールが襲ってきた。天候が敵に味方した。

目標が定まらない。射撃指揮装置を修正して、そのつど射ちなおしになる。

突然の会敵に驚いた度合いは、むしろ栗田より米機動部隊の方が大きかった。予期せざる段階で砲撃をうけた米艦隊は、あわてて針路を逆転し、東方に退却しはじめた。

栗田は、駆逐隊だけは戦艦隊の周辺にひきとめ、警戒にあたらせる必要を感じた。敵艦への砲撃は戦艦隊に、追撃は巡洋艦戦隊とすることにしたのだ。

やがて、艦隊序列づくりの信号が各艦にいきわたり、事態は徐々に改善の方向をたどった。「矢矧」は十戦隊の駆逐艦を第一戦隊の左舷に連れもどした。「能代」と二水戦の各駆逐隊は右側面に布陣した。重巡各艦は「大和」の前方を離れて航行していたが、猪突猛進する「金剛」の前にはまだ出ていなかった。「榛名」は重巡戦隊の後方に位置した。

〇七一〇、「能代」と二水戦の駆逐隊は、隊尾につくよう命ぜられた。これら各駆逐艦は三〇分あまりの間に、艦隊序列の右後尾に復帰、その後は各戦艦、巡洋艦の後方に従った。

敵の空母と護衛艦隊は、煙幕で所在を隠しながら、東方に逃走する。

北方に遠く位置した「金剛」だけは、煙幕の流れの外にあったので、スコール圏内にはいった。

〇七一〇、第一戦隊と「榛名」は目標を見うしない、砲撃を中止した。そのなかにあって、北方に遠く位置した「金剛」だけは、煙幕の流れの外にあったので、スコール圏内にはいった〇七二五まで砲撃を続行した。

おなじく〇七一〇、退却中の敵機動部隊の空母機が、二〜三機編隊でわが戦艦群に対し、二〇分間にわたり分散攻撃をしかけてきた。「金剛」は機銃掃射をうけ、艦橋トップの主測距儀が使えなくなった。

敵爆撃機、雷撃機の攻撃は練度が高く正確で、編隊間の策応もみごとだった。栗田司令部の作戦参謀は、わが艦隊がそれまでに受けた米機の攻撃経験にくらべ、もっとも巧妙だったと述懐している。

煙幕に覆《おお》い隠された敵機動部隊のなかから、駆逐艦が出没して砲雷撃を挑んでくる。

〇七一五、対空戦闘中、「大和」とならんで左舷を航行していた「榛名」が、左舷艦首の沖に現われた一隻の駆逐艦を砲撃した。

〇七一七、「大和」も右舷方向のいわゆる巡洋艦一隻に、三連装副砲塔から一五・五センチ弾を浴びせた。

〇七二五、「大和」は三連装主砲塔を同目標に向けて四六センチ弾を発射し、二分後に撃沈と報じた。

〇七三〇、「金剛」は敵駆逐艦から発射された魚雷四本の雷跡を発見し、右舷に急転回してかわした。

〇七三三、「榛名」は「長門」の艦尾を左から右へ横切りながら、黒煙のなかから短時間あらわれた巡洋艦らしきものを砲撃した。「榛名」「金剛」とも、主砲口径は三五・六センチである。

戦艦隊は砲撃をつづけながら、敵目標との距離を縮めつつあった。彼我の距離が縮まれば命中率が高まり、破壊力も大きくなる。

栗田は、水雷戦隊の第十戦隊と二水戦に後続するよう命じた。栗田の関心は、雨と煙幕で視界から消えた敵機動部隊を捕捉し、壊滅させることだった。

〇七三〇、栗田は「第五戦隊、第七戦隊、突撃せよ」と下令した。重巡群の両戦隊は、針路一一〇度、全艦全速で追撃戦に移った。

「大和」の右前程数千メートルの位置にあった第五戦隊の「鳥海」「羽黒」は三三ノット前後の高速を利し、高く跳ねあげる艦尾波で艦体を見え隠れさせながら、二〇センチ主砲弾を目標にたえず送りこんだ。

第五、第七両戦隊が、突撃せよの命をうけた〇七三〇よりすこしあと、第七戦隊の旗艦「熊野」は艦尾に敵駆逐艦の魚雷をうけた。白石司令官は、ただちに二番艦「鈴谷」に旗艦を変えた。

だが、その「鈴谷」も爆撃をうけ、速力が二〇ノットに落ちてしまったので、両艦とも戦場から取り残され、その後の追撃戦には参加できなかった。

残るは第五、第七両戦隊二隻ずつ、あわせて四隻である。敵艦隊の動きにあわせ、弧状をえがいて南方に変針する。「利根」「筑摩」「羽黒」「鳥海」の順で敵に触接対峙し、煙幕とスコールの妨害を排除しながら砲戦をつづけた。

このころには、敵の艦上機が栗田部隊の上空に飛来して、爆弾や魚雷を投下しはじめた。また、敵の駆逐艦など護衛部隊も接近戦を挑み、砲雷同時戦を展開する。

おなじ〇七三〇、栗田は緊急報告で、「敵艦隊は空母六隻から編成され、うち三隻が正規空母であることを確認した」と通告した。

〇七三五、「大和」の見張員は、敵空母一隻の沈没を報告した。この架空の戦果は、ただちに中央に打電された。

この間の消息を伝える栗田の戦闘報告は、次のようになっている。

「わが全部隊は、敵航空機と護衛艦艇とによって打ちたてられた必死の防御を侵して肉薄せり。〝見敵必殺〟の精神をもって、これらの各部隊は敵に甚大なる損害をあたえたり」

〇七五〇まで、栗田部隊は一五海里にわたり展開していた。西方の端には、損傷艦の「熊野」が「鈴谷」とならんでいた。その南には「能代」が後衛の駆逐隊と集団をなしていた。「能代」の前方四海里には、「榛名」がやや南よりの針路をとっていた。

「榛名」の左舷正横の沖には、「大和」「長門」が真東に航行、戦艦群の後方には十戦隊が敵機の空襲下で旋回運動中だった。「大和」の東方八海里では、航空巡洋艦「利根」がスコールの下、敵空母を追って南方に押し寄せていた。

「利根」の後方には「鳥海」「羽黒」「筑摩」が長い弧状をえがいて敵を追い、弧の末端は

「大和」とほぼならんだ。

一方、東方のはるか端では、「金剛」がスコールのなかから現われて敵の空襲下に入り、重巡群の縦列陣の外側で南に転舵しようとしていた。

〇七四九、「榛名」は雷撃のため右舷に接近してきた敵駆逐艦一隻に、一万五〇〇〇メートルの距離で砲撃した。

〇七五一、「大和」は距離一万メートルで一隻の巡洋艦らしきものに副砲塔から射撃した。その一分後、目標が煙幕のなかに隠れたので、射撃照準を後続の駆逐艦に移した。

その砲撃がまだはじまらないうちに、第三の敵艦が右舷正横のわずか三海里半沖に雷撃のため殺到してくるのを視認した。「大和」は副砲塔と高角砲で射撃しながら避けて北に急転、魚雷は両側を通りすぎた。この回避運動のため、栗田はせっかく縮めた目標との距離を七海里も空費した。

〇七五四、「榛名」はレーダーによる距離測定で、黒煙中の目標へ短時間、砲撃した。〇八〇二、八海里の距離で海上いたるところにいる、敵のいわゆる巡洋艦一隻に確実な砲撃をくわえた。〇八一〇には、東南方に進んで煙幕の風上に達し、同艦の南一一海里にある敵空母一隻を砲撃した。

〇八〇〇、今度は「利根」が上甲板前部に砲弾をうけ、火災を起こし、一時、隊列を離れた。その後、「利根」は消火に成功し、ふたたび戦列に復帰すると、「筑摩」の後尾について続行する。

重巡戦隊は、あいつぐ被害にもひるまない。「鳥海」をふくむ四隻は、砲撃をつづけながら全速で急進し、敵機動部隊を南西方に追いつめた。すでに第十戦隊が敵の西方に進出しており、第五、第七両戦隊が敵をその海域に追いこむことで、第十戦隊に攻撃の好機をあたえようとの協同作戦である。

〇八一〇、敵艦隊追撃の針路が東から南にかわった。「大和」「長門」は魚雷回避運動をおえ、二水戦に後尾を警戒されながら、ふたたび追撃にうつった。

第十戦隊は空襲で乱れた隊形をととのえていた。そして、艦隊序列の右翼に占位しながら、南に変針した。

「榛名」にも魚雷が発射されたが、回避運動をしないのに、前方をかすめて通過した。「榛名」はさらに東南方へ進撃しつづけ、敵艦隊にもっとも近づいた戦艦になっていた。「榛名」の東方には「鳥海」など重巡四隻が大きな輪形をえがき、砲撃をつづけながら前進していた。重巡輪形の外側では、「金剛」も敵空母めがけ、一四海里の距離から砲撃していた。

後方遠くでは、「鈴谷」が第七戦隊司令部を移乗させるため、損傷した「熊野」の舷側に横づけした。しかし、すでに「熊野」は絶望的な状態にあった。

「我は北進中」

〇八〇〇からの三〇分間は、劣勢な米艦隊にとって形勢が非だった。「金剛」と「榛名」

は、黒煙の外で砲撃を続行していた。

○八二〇、「大和」と「長門」は勢力をもりかえし、レーダー砲撃をはじめた。○七五九に前部に砲弾をうけた「利根」は火災を起こし、艦隊の縦陣列から離脱したが、消火に成功して、ふたたび「筑摩」の後尾につけ、遅れずにすんだ。

「鳥海」「羽黒」など重巡四隻は、猛進しながら目標に急迫し、休みなく砲撃しつづけた。そして、しだいに目標を西南に追いつめ、「矢矧」の率いる第十戦隊に雷撃のチャンスをあたえるよう占位した。

ところが、ところがである。日本軍は自軍の勝勢を、みずから放棄した。そして米軍は、不利な戦況を好転させた。

○八一〇、敵艦隊にもっとも接近していた「榛名」は、東南方に第二の敵空母群を視認した。

もとの目標とは一〇海里、新目標とは一八海里の距離だったが、「榛名」は近距離の目標は重巡群が追っているとみてか、砲撃目標を遠距離部隊にかえた。そして、新目標が変針したのにつれ、これを追って南下した。

○八一二、「金剛」は砲撃により「敵艦は傾斜した」と報告した。

○八二六、つづいて「エンタープライズ級空母を近距離で撃沈した」と報じた。これは護衛空母のガンビア・ベイだった。

「大和」はレーダーによる砲撃をくわえていたが、それはおなじ空母、つまりガンビア・ベイが燃えているのに対するものであった。
○八三四、「大和」は西南に現われた、いわゆる巡洋艦一隻に対し、副砲塔で砲撃した。
○八四〇、「大和」は「敵巡が沈没するのを認めた」と報じた。これは米駆逐艦ヘールであった。
○八三〇ごろから、ふたたび敵機の襲撃がはじまった。追撃陣形の内側に位置する「矢矧」を旗艦に、駆逐艦三隻をともなう第十戦隊と、その外側にあった戦艦「金剛」は対空戦闘に追われていた。
○八四二、敵機はしだいに機数を増し、攻撃目標を重巡戦隊に移してきた。「鳥海」「羽黒」「利根」「筑摩」は、西南の針路を栗田主隊のはるか先頭を前進して敵に肉薄しており、米空母部隊にとってもっとも大きな脅威になっていた。
敵機は急速に機数をふやし、攻撃力を強めた。「鳥海」など重巡戦隊は、敵を第十戦隊が待ちうける南西方に追いつめることに専念しており、おりからのスコールで視界がさまたげられていたこともあって、上空からの急襲を避けることができなかった。
○八五〇、進撃中の「鳥海」は左舷中部の後檣周辺に爆弾を受け、落伍した。艦内被害の応急復旧作業がほどこされた。
○八五五、「筑摩」が艦中央に魚雷一本をうけ、航行不能におちいった。しかし、被害がそれほど大きくなかったこともあり、損傷艦の警護のため、他艦が追撃を中止することはしなかった。勝利は目前の手の届くところにあり、時間を空費したくなかったのである。

残った重巡は「羽黒」「利根」の二隻だけとなった。橋本第五戦隊司令官の将旗を掲げた杉浦艦長の「羽黒」が先頭に立ち、後尾に第七戦隊の黛艦長の「利根」が続行して追撃をゆるめず、敵に一段と肉薄した。

敵艦隊は、煙幕のなかを逃げまわる。その目標に「羽黒」「利根」が、みじかい間隔の急斉射を浴びせる。距離がさらに縮まる。当然のことながら、命中率がよくなる。

〇九二〇、「利根」は敵との距離が九〇〇〇メートル以内に縮まった。「利根」は射ちに射ち、残弾がほとんどなくなるまで射ちまくった。

第十戦隊は〇八〇〇ごろまで第一戦隊の後方で、輪形針路の内側を航行していたが、その後、予定どおり南南西に転じた。

〇八五〇、進撃中の第十戦隊の中間に、米駆逐艦一隻が迫ってきたので、接敵針路から反転した。ふたたび発射位置にもどったのは、それから一五分後であった。

〇九〇五〜〇九一五の間に第十戦隊は、南ないし南西に向けて突撃を開始、距離約一万五〇〇〇メートルで敵の右斜めうしろから魚雷を斉射した。

だが、追尾発射となったため、一本も命中せず、また目標近くに達したときには破壊力をうしなっていた。

一〇三〇、栗田主力の艦隊序列に復帰した第十戦隊司令部は、この日の戦果を「エンタープライズ型空母一隻撃沈、一隻大破（沈没ほとんど確実）、駆逐艦三隻撃沈」と報じた。この戦果が事実にもとづかない、架空のものであることは明らかである。

○七〇〇すぎ、海軍部に栗田から、「われ空母三隻に砲撃中」と入電した。戦艦隊の主砲がとどく距離での戦闘ならば、わが方に有利である。連合艦隊司令部でも、海軍部とおなじ見方だった。

○七三八、豊田連合艦隊司令長官は全軍にあてて、次のように下令した。

「一、第一遊撃部隊は○六三五、サマール島北東海面において敵空母三を発見、○七〇〇砲戦を開始せり。

二、全軍、右に策応し、敵を猛攻せよ」

航空母艦は戦艦より優速である。これが海軍の常識である。ただし、これは正規空母の場合であって、実際に会敵したのは米護衛空母部隊で、一八・五ノットの平均速力だったのだから、わが戦艦隊のほうが高速だった。

海軍部では、高速の軽巡、駆逐艦が戦艦に続行していることに対し、疑問を持った。「大和」艦橋で宇垣が抱いた疑問とおなじである。

海軍部などが、栗田の戦艦先行戦闘を疑問視したのを一蹴するかのように、戦果がつぎつぎに入電した。

○七二五、巡洋艦一隻轟沈

○七三六、空母一隻轟沈

○八二五、空母一隻大火災

などとつづく。

やがて栗田から、次の戦闘速報が届いた。

「一、これまでに判明せる戦果

撃沈確実＝空母二（うち大型正規空母一）、重巡二、駆逐艦一。命中弾確実なもの＝空母一～二。敵機反覆来襲中。残敵（空母五～七隻基幹）はスコールと煙幕を利用し、南東方面に退避せり。

二、我は取りあえず北進中」

その後、雷撃を敢行した第十戦隊は、襲撃の戦果を「エンタープライズ型空母撃沈一、大破一（撃沈ほとんど確実）、駆逐艦三」と栗田司令部に通報した。これを受けて栗田は一一〇〇、戦闘速報中の撃沈空母を、「エンタープライズ型一をふくみ三～四隻」と訂正した。第十戦隊の戦果報告は、追尾発射の水煙や、敵味方の砲戦による砲煙、水柱を見誤ったものであろう。

栗田からの戦闘報告は、海軍部や連合艦隊司令部にとって、久方ぶりの朗報だった。二十三日いらい、うちつづく艦船部隊の大きな被害や、この日のスリガオ海峡の悲報を吹き飛ばした。

及川軍令部総長は、この日の戦況奏上のさい、巡洋艦、空母各一隻撃沈、空母一隻大火災までの戦果を報告したところ、陛下もご満足のお言葉を漏らされた。

同日午後、及川総長は奏上時のもようを豊田、栗田両司令長官に打電した。だが、その時刻には栗田部隊はレイテ突入を中止し、北上中だった。

○九〇〇、栗田は米機動部隊に対する追撃戦中止を命じた。
○九一一、麾下部隊に「逐次集まれ」と下令した。
一〇一八、損傷艦に対し、接岸航路をとってサン・ベルナルジノ海峡を通過するよう命じた。

追撃中止の発令時、最先頭にあった「利根」「羽黒」は、敵の空母群と一万メートル以内の近距離にいたことと、分進した「榛名」が敵空母の第二群を確認して接近中であったことが、海戦後、関係各艦の報告によって明らかになった。

だが当時、これらの状況は栗田司令部にまったく伝わっていなかった。〝後の祭り〟である。

長時間にわたる追撃戦のため、各艦は広範囲に分散していたので、集合は予想外に手間どり、隊形の整頓におよそ二時間を要した。この間にも、敵艦上機の空襲はたえ間なくつづいた。

○九五〇、落伍していた「鳥海」が二度目の爆撃をうけ、前部機械室が大破した。警戒のため派遣された「藤波」が、「鳥海」乗員収容のうえ、同夜、自沈させた。この前後の状況については、あとでくわしく触れるので、これに譲る。

一一〇〇前、第七戦隊の新旗艦「鈴谷」がまたもや爆撃をうけ、大火災を起こした。白石司令官は、ふたたび「利根」に移乗した。「鈴谷」の火災はますますひろがり、ついに魚雷に延焼して大爆発した。

一三二〇、「沖波」が「鈴谷」の乗員を収容のうえ、雷撃処分した。

「鳥海」につづいて被雷落伍した「筑摩」は、〇九三〇ごろ、自力航行可能な状態にもどったが、操舵ができず、これまた乗員を「野分」に移して自沈した。

「鳥海」の最期

ここで、サマール沖遭遇戦で栄光の生涯を閉じた「鳥海」と、重巡戦隊の末路をあらためて総括しておこう。

敵機動部隊に接近しつつあった「鳥海」「羽黒」「筑摩」「利根」の四重巡は、米側にとって最大の脅威なので、敵艦上機の重点目標になる。〇八五〇、「鳥海」はついに被弾、落伍する。五分後には「筑摩」が被雷し、航行不能となる。「利根」も被弾した。次いで「羽黒」も傷つき、速力、攻撃力が低下し、集団を離れた目標は、敵機にとって格好の餌食である。

最初の被害から二五分後、「鳥海」はまたもや殺到する艦上機の集中爆撃により、前部機械室に大損害を受け、速力が停止した。

機械室の破損は、爆弾が上甲板を貫通して下甲板に達し、ここで破裂したことを意味する。機械も、要員も吹き飛んだ。

鉄塊と鋼片に挟まれた手足ばらばらの兵員と、隔壁、天井、床を染める血飛沫。乗員必死の努力で消火には成功したものの、自力航行可能の状態には、なかなかもどらない。

栗田司令部は一〇一八、損傷した「鳥海」「筑摩」「熊野」と駆逐艦の「早霜」に対し、風上の海岸線沿いに航行しながら、各艦単独で、もよりの泊地のコロンまで後退するよう命じた。

まず「熊野」が、つづいて「早霜」が自力で戦場を離脱した。「鳥海」と「筑摩」は「熊野」より被害が大きく、とくに「鳥海」は前部機械室の復旧が意にまかせず、操舵のできる状態にもどらなかった。

警戒のために、「鳥海」には「藤波」、「筑摩」には「野分」が派遣された。「鳥海」の復旧作業は夜遅くになっても、改善の兆候をみせなかった。司令部はついに、「鳥海」の自力航行はもとより、曳航も至難と判断し、「藤波」に「鳥海」乗員を収容のうえ、雷撃処分するよう命じた。

二一五〇、「藤波」から、「鳥海を自沈させた。生存者を収容し、これからコロン泊地に向かう」との電信が、栗田司令部に届いた。収容者のなかに「鳥海」艦長田中穣大佐の姿はなかった。この連絡を最後に「藤波」は消息をたった。

二水戦、栗田司令部とも、「藤波」は指示どおりコロンに向け航行しているものと信じていた。

途中で通信がないのは、敵に行動を知らせない無線封止によるもので、コロンに着けば連絡があるものと考えていた。これは戦場での通例でもあった。

サマール島沖からコロンまでは、ふつう一日以内の距離である。「藤波」は損傷していたが、通常航海にはさしつかえない程度とみられていた。

しかし、二十六日の深夜になっても、二十七日の午前から午後へ、そして夜を迎えても、「藤波」からの通報はなかった。

後送の任務についた駆逐艦群の帰路も、安全ではなかった。「筑摩」の生存者を収容した「野分」は、サン・ベルナルジノ海峡にはいる前に敵艦艇によって撃沈された。損傷艦の「早霜」は二十六日、ミンドロ島南方で前部に魚雷一本が命中、ついで急降下爆撃機の至近弾多数をうけて沈没した。

「熊野」は戦場を離脱し、単艦でフィリピン海域を通過して西方に航行中、ふたたび空襲にあい、死傷者と損害を増幅させた。

戦死広報などの公式記録では、「鳥海」乗員を収容した「藤波」は二十七日、ミンドロ島沖で敵空母機群の攻撃をうけ、これと交戦の末、撃沈されたとされる。これは、いわば状況証拠であって、「藤波」の沈没現場を目撃した日本艦船はない。

コロン湾に帰投できたのは、二重遭難からからくも脱出した「熊野」と、「鈴谷」乗員を収容した「沖波」の二隻だけである。

戦史に仮定は禁物であるが、あえて「もし」「たら」を使うとすれば、「愛宕」でなく、「鳥海」をして第二艦隊の旗艦として、第四戦隊を栗田中将の直率にしていたとすれば、栗田長官の作戦指導は通信系統の混乱なしに円滑にすすみ、より多くの戦果をあげていたはずである。ひいては、戦局を変えていたかもしれない。

これまで触れてきたように、「鳥海」には太平洋戦争開戦以来、つねに勝利の女神が味方してきた。

「鳥海」は昭和十八年八月二十日に第八艦隊より除かれるまで、開戦いらい、ほぼ一貫して艦隊旗艦だった。だから、マレー、インド洋方面でも、ラバウル、ソロモン海域でも、旗艦「鳥海」にかかわる戦功は、すべて行動をともにした麾下の巡洋艦、駆逐艦に平等にわかちあたえられた。

「鳥海」あってこそ、小沢治三郎、三川軍一両提督の名が戦史に輝やかしい一ページを飾り、作戦参加各艦とともに、その名を不朽にしたのである。

重軽と新旧式の別を問わず、あらゆる巡洋艦と、連合艦隊の戦艦、空母以下すべての軍艦、艦艇のなかで、兵器の新増設などみるべき改造を行なわずして、もっとも偉大な功績をおさめた強運と武勲の軍艦であった。

そして、それをささえ、開戦以来、南方の前線生活がほとんどで、被害のなかったこともあって、母港に帰ることときわめてすくなかった。したがって父母兄妹、妻子、そして恋人らに会う機会もかぎられ、ひたすら国のため、海軍のために戦い、丈夫で長持ちした精強の名艦、それが「鳥海」であり、その乗員でもある。

栗田長官直率の第四戦隊三艦があいついで落伍し、第二艦隊の筆頭戦隊が解隊したなかで、「鳥海」だけは無傷で世紀の海戦に参加しえた。「鳥海」は第五戦隊に編入されたあとも、つねに先陣を駆けて敵空母の第一、二群を追いつづけ、果敢な戦闘を挑んだ。

「鳥海」は、まさに〝海の弁慶〟だった。

最後まで連合艦隊に、また第二艦隊に、そして第四、第五戦隊に忠節を尽くした。第一撃を食らっても、なお戦闘能力をうしなわず、第二撃により致命的打撃を受けながらも、半日にわたり海の藻屑となるのを仁王立ちになってこばんでいた。そして、〝介錯《かいしゃく》〟を「藤波」に託して海上から雄姿を消した。

このレイテ沖海戦、日本側が比島沖海戦、米軍側がレイテ湾海戦、サマール島沖海戦と呼んでいる海上戦闘で、栗田艦隊は「鳥海」「筑摩」「鈴谷」の重巡三隻が自沈し、「熊野」が中破した。

自沈三艦は、もっとも早い「筑摩」が駆逐艦「野分」に、「鈴谷」は一三二〇に「沖波」が、「鳥海」は〇九一五に二回目の爆撃を受けて速力をうしなってから半日以上たった二一五〇、前にふれたように「藤波」が、それぞれ雷撃処分したものである。

「鳥海」乗組員は、乗艦が一度ならず二度まで敵機の襲撃をうけて自沈し、救出された駆逐艦が、また敵機の攻撃により沈むという二重遭難にあって、救出艦の「藤波」乗員もろとも全滅した。この点、おなじ二重遭難ながら、一部乗員が救出された「筑摩」とはやや事情がことなる。

乗艦が砲雷爆撃で火災を発したり、誘爆するなどで沈没したさい、海に飛びこんだりして救出された経験をもつ乗員は、その体験を貴重なものとして、生きぬくことへの願望が以前より高まる。収容された駆逐艦などの艦内において、遭難者が戦闘配置につくことは、きわめて稀である。

敵艦に遭遇したり、敵機の襲撃をうけても、これに対抗する有効な手段をもたないことが、死をおそれさせ、生への執着をいっそうかきたてる。そういった精神状態が、基地にたどりつくまでつづく。

その途中での敵機の空襲、それはおそらく日時の経過からみて、帰投地コロン島にほど近い海域と推定されるから、「鳥海」遭難者の不安と緊張は、限度に達するほど大きかったにちがいない。

「藤波」は乗員、収容者が脱出する機会をえないまま、瞬時に水没したのであろうか。海へ飛びこんだ者は、いなかったのであろうか。

海上に脱出しても、陸地は遠く、僚艦もいなかったので、フカに襲われたり、泳ぎつかれたすえに溺死したりして、水漬《みづ》く屍《かばね》になってしまったのであろうか。

コロン泊地は二十五日以降、艦上機と大型機から連続して空襲を受け、ここに避退中だった志摩部隊の第一水雷戦隊旗艦「阿武隈」が二十六日に沈没している。

栗田部隊、反転す

一一二〇、栗田は連合艦隊、軍令部に対し、最終目的のレイテ泊地に向かうと通報するとともに、自隊の北東三〇海里には、「空母をふくむ機動部隊」があり、南東六〇海里には、「敵大部隊」があると報告した。

海軍部は、栗田が敵部隊の重囲中にあるのは確実と推定した。飛びかう米軍の平文電報の傍受からも、このことが裏づけられた。

栗田部隊がレイテに向けて進撃を再開したとき、部隊に随行するのは戦艦四、重巡二、軽巡二、駆逐艦八隻だった。サン・ベルナルジノ海峡を東進したときから、重巡四隻（鳥海、筑摩、熊野、鈴谷）と、駆逐艦三隻（藤波、野分、沖波＝以上はいずれも損傷した重巡の警戒護衛に従事）が戦列から離れた。

レイテへの進撃を通報後ほぼ一時間の一二三六、栗田はレイテ突入を中止する次の電報を軍令部総長、連合艦隊司令長官に打電してきた。

「第一遊撃部隊はレイテ泊地突入をやめ、サマール東岸を北上し、敵機動部隊を求め決戦、以後サン・ベルナルジノ水道を突破せんとす（地点＝北緯一二度三三分、東経一二五度五八分、スルアン島灯台の北方五〇海里）。針路〇度」

栗田はレイテ突入を中止して北上した理由について、戦闘詳報のなかで「十月二十五日一二三〇における情況判断と決心処置」と題し、次のように報告している。

「一二〇〇にいたるまでは敵の空襲にあいながらも、予定どおりレイテ突入を企図せしが、敵信によれば敵第七艦隊はレイテ南東三〇〇海里に集結を下令、敵はタクロバン基地に艦上機兵力を集中するとともに、洋上機動部隊をもってわがレイテ泊地突入を予期し、邀撃《ようげき》配備全きもののごとし。また当時、なおレイテ泊地の状況不明にして、わが第三部隊ならびに第二遊撃部隊の戦闘経過にもかんがみ、我の突入はいたずらに敵の好餌たるの恐れなしとせず。むしろ敵の意表をつき、〇九四五出現のスルアン島灯台の五度一一三海里の敵機動部隊を求めて反転北上するを、以後の作戦上、有利と認め北上するに決す」

栗田が敵泊地突入を中止して北上した理由は、(1)敵平文通信傍受から推測した米軍配備、(2)レイテ湾内の敵情不明、(3)北方近距離に敵機動部隊出現——の三点である。平文とは暗号化しない、普通の文体のもので、緊急を要する場合に多く使われる。その内容は、「戦艦四、巡洋艦八、駆逐艦多数」から砲撃を受けていることと、自隊の位置を知らせて、味方部隊からの緊急支援を求めたものであった。

砲撃中の兵力から見て、これは栗田部隊が攻撃中の敵空母群指揮官から発せられた電報であることは明らかで、米機動部隊が不意をつかれたことを意味していた。

栗田部隊の砲撃を受けたのは、米第七艦隊キンケイド中将指揮下のトーマス・L・スプレーグ少将ひきいる三群の護衛空母群の一つで、司令官はクリストン・F・スプレーグ少将だった。護衛空母ファンショー・ベイ座乗の同司令官は、〇七〇一、前掲の平文電報を打電し、キンケイド中将は〇七〇七、この無線電話を電信にして第三艦隊のハルゼー大将へ伝えた。時刻から推定すると、大和田通信隊はキンケイドからハルゼーへの電報を傍受したことになる。

大和田通信隊はその後、さらに一通の敵平文電報を傍受した。〇九二四、同通信隊司令は、これをわが関係指揮官に打電した。戦艦「大和」では本文を、次のとおり記録している。

「戦艦四、巡洋艦八よりなる敵部隊より攻撃されつつあり。リー中将、全速力をもって、レイテ方面より援助せよ。〇七二七」

軍令部第一部も大和田通信隊から、この平文の報告をうけたが、それにはまさしく「リー中将は全速力をもってレイテ方面を援護せよ」となっている。大和田通信隊か、「大和」のどちらかの誤訳であろう。「より」と「を」では、意味が違っている。

豊田連合艦隊司令長官は、この敵平文を重視した。これにより、北方にあると推定される米高速空母群が、苦戦中の南方の機動部隊救援におもむくと考えた。この時点では、小沢部隊の当面しつつあった事態は、まったくつかめていなかった。

〇九五二、豊田は小沢のほか、三川、大西、福留の各司令長官に、次のとおり北方機動部隊撃破の必要性を訴えた。

「一、第一遊撃部隊が追撃中の敵機動部隊は、ラモン東方行動中と推定される敵機動部隊に対し、急遽、来援を求めつつあり（敵平文傍受）。

二、敵機動部隊の赴援前、これを撃破するは急務と認む」

米軍資料により、この〇七二七発の敵平文を検討すると、これはその時刻にキンケイドがハルゼーに対し、リー中将率いる新式戦艦群を最大速力でレイテに向かわせることを求めるとともに、高速空母群による即時攻撃を依頼したものである。

ところで、栗田が北上の第二の理由にあげたレイテ湾内の状況は、どうだったのであろうか。

海軍部は二十五日、陸軍側のレイテ島陸上からの視認情報として、〇八〇〇現在、レイテ湾内に「戦艦二、空母三」「戦艦四、巡洋艦二、駆逐艦四」「巡洋艦四、駆逐艦六」の各艦隊と、「輸送船八〇（うち二七炎上中）」とが在泊しているのを知った。また一二〇〇、湾内を偵察した彗星艦爆は、輸送船七〇隻の在泊を報じた。

しかし栗田は、二十四日の湾内情報は持っていたが、北上を決意するまでには、二十五日のこれら情報を得ていなかった。

栗田は志摩に問い合わせた。一〇〇二、折りかえし志摩から、「西村部隊甚大なる損害を蒙《こうむ》りしことより、ドラッグ方面に有力なる敵戦艦部隊の存在を認むるも、スコール、煙幕などのため視界狭く確認するをえず」と答えてきた。

このような経過から、栗田は湾内状況不明のまま、北上を決意する結果となった。栗田が命じた「長門」の観測機が、輸送船四〇隻湾内在泊を報じたのは、栗田が北上を決意してから、しばらくしてからだった。

最後に、栗田が北上の第三の理由とした、北方至近距離の敵機動部隊の状況はどうだったのであろうか。

海軍部はこの二十五日〇九三〇、問題の地点であるスルアン島灯台の五度、一一三海里付近に、「空母三、戦艦多数」の敵部隊が存在するとの情報を受け、前夜、サン・ベルナルジノ海峡東方にいた敵機動部隊が南下したものと考えた。

三輪中将の第六艦隊（第七、第八、第十一潜水戦隊）にも、同様の情報が入った。三輪は洋上の潜水艦に対し、同士討ちを避けるため、一一三七、「〇九〇〇、北緯一二度三〇分、東経一二六度三〇分（スルアン島灯台の一五度、一一〇海里）付近、空母三、戦艦多数をふくむ敵部隊五群南下中」と打電した。

栗田が「敵の意表をつき」決戦を挑もうとした「敵機動部隊」は、これらの部隊を指すと考えられる。しかし、この情報は事実と異なる。わが方の航空機が栗田部隊を米艦隊と見誤り、その情報を捷号作戦部隊に流した可能性が強い。

そうだとすると、栗田は「自隊」を攻撃しようとして反転北上するという、信じられないような皮肉な行動をしたことになる。

この二十五日、栗田が実際にあげた戦果は、米第七艦隊のスプレーグ少将指揮下の護衛空母ガンビア・ベイ、駆逐艦ホール、ジョンストン、護衛駆逐艦サミュエル・ロバーツの計四隻の撃沈だけだった。このほか、護衛空母のスワニー、サンティー、ホワイト・プレーンズ、キトカン・ベイの四隻に命中弾をあたえたが、射ったのが徹甲弾だったため、砲弾が敵の艦体を突きぬけて反対舷に飛びだしてしまったりして、撃沈するにいたらなかった。

海上部隊以外では、同日朝、航空部隊が護衛空母セント・ローを撃沈している。

護衛空母群を高速空母群と誤って判断したことは、結果として栗田の艦隊行動や攻撃手段に致命的な欠陥をもたらした。

第十戦隊の戦果は、米軍資料によっても確認できない。第十戦隊は北方から南西に避退する護衛空母群を雷撃している。このとき、南東方から第五戦隊の「羽黒」と第七戦隊の「利根」が同空母群を砲撃中で、これら二重巡の弾着による水柱を魚雷命中と見誤った可能性が強い。

米艦隊はレイテの陸上砲撃と、スリガオの戦闘で弾丸を消耗し、わが艦隊も前日来の対空戦闘と空母群との砲戦で、おおくの弾丸を消費していた。日米両軍とも、巡洋艦の残弾はすくない。ただし、米戦艦はまだかなりの残弾を保有していた。

これらのことから、栗田部隊のレイテ湾突入が成就していたとしても、わが部隊は、まず戦艦をはじめとする米艦隊と砲戦をまじえ、それに勝利してのち、はじめて輸送船団攻撃にうつることになる。

米艦隊との砲戦が不首尾におわり、栗田部隊の被害が大きければ、輸送船攻撃の戦果はすくなくならざるをえない。

エンガノ岬沖の戦闘

この日の第三の戦闘は、ルソン島エンガノ岬北東海域における小沢部隊と米機動部隊との戦いである。小沢はオトリ任務に成功し、朝から米第三艦隊の高速機動部隊の襲撃を引きうけていた。

小沢部隊から海軍部への通報は極端にすくなかったが、栗田部隊が泊地突入をあきらめ、北上しつつある時、次の戦闘詳報が入電した。

「〇八三〇より一〇〇〇まで約一〇〇機の来襲をうけ、戦果＝撃墜数十機、被害＝秋月沈没、千歳、多摩落伍、その他損害あるも、おおむね一八ノット航行可能、瑞鶴通信不能」

その間の〇九二〇、「多摩」が「〇八三〇、飛行機三〇機来襲、被雷一本、沈没のおそれなし。戦果＝三機撃墜」と発信した。

これらから海軍部は、栗田部隊だけでなく、小沢部隊も敵機動部隊と交戦中なのを知った。しかし、その時間は遅れたし、攻撃しつつある米機動部隊の実情を把握するにはいたらなかった。

夜遅い二〇四一、小沢は「初月、交戦中との報に接し、大淀、日向、伊勢、霜月をひきい直ちに反転、敵を撃滅せんとす」と報じた。

これまで小沢は、麾下空母群の消息を伝えていない。海軍部は、小沢の空母四隻は存在しているものと思っていた。

しかし実際には、小沢部隊は、ハルゼー第三艦隊指揮官麾下の機動部隊、すなわちボーガン少将指揮の第二群、シャーマン少将の第三群、デビソン少将の第四群の牽制に成功したものの、代償として二十六日一六三〇の間に、時間順に「千歳」「瑞鶴」「瑞鳳」「千代田」の空母四隻をうしなっていた。

小沢が北方への牽制行動のあと、反転南下したのは、落伍した「初月」が夜になって米海上部隊に捕捉されたのを知り、手もとの全力で救援に向かおうとしたためだった。

海軍部が小沢部隊の大きな損害を知ったのは、同隊が奄美大島に帰港してからである。

小沢が後刻報告した戦闘詳報によると、小沢が敵機の触接を通報したあと、「大淀」に移乗するまでの間に、次の二通を発信しようとしていた。

「一、〇八一五＝敵艦上機約八〇機来襲、我これと交戦中」
「二、〇八三〇＝（戦闘速報）瑞鶴魚雷一本命中、人力操舵中。瑞鳳爆弾一個命中。千歳傾斜、速力一四ノット。その他二〇ノット前後の航行にさしつかえなし」．

二通の電報は、電文が作成されただけで、どこにも通達しなかった。この理由について小沢は、同戦闘詳報のなかで、「瑞鶴被害により、応急電信機により瑞鳳をして中継せしめたるものにして、瑞鳳幹部戦死のため詳細は不明」と報じている。

小沢部隊の通信不達は、戦局に微妙な影響をあたえた、とみることができる。二通の戦闘速報が発信されていれば、海軍部、連合艦隊司令部はもちろん、栗田部隊も、小沢の機動部隊本隊が敵機動部隊とかなりの規模の戦闘をまじえ、その周辺に強力な高速空母機動部隊がひかえていることを推測できたであろう。

栗田はサマール島沖で、自分の艦隊だけが敵の全兵力を引きうけて戦闘しているものと、信じこんでいた。北方部隊の小沢も激戦中であることがわかっていたら、栗田は全戦局をどのように判断し、行動したであろうか。反転北進が変わっていた確率が高い。

そして、豊田司令長官は戦局を総覧して、有効適切な大号令をくだしえたであろうか。また、海軍部はどのように対応したのであろう。それにより戦いの歯車が、味方に有利な展開をみせたであろうか。これらはすべて、永遠のナゾである。

単行本　平成十八年六月　光人社刊

NF文庫

重巡「鳥海」奮戦記 新装版

二〇二〇年十月十九日 第一刷発行

著　者　諏訪繁治

発行者　皆川豪志

発行所　株式会社 潮書房光人新社

〒100-8077 東京都千代田区大手町一-七-二

電話／〇三-六二八一-九八九一㈹

印刷・製本　凸版印刷株式会社

ISBN978-4-7698-3188-4 C0195

http://www.kojinsha.co.jp

NF文庫

刊行のことば

第二次世界大戦の戦火が熄《や》んで五〇年——その間、小社は夥しい数の戦争の記録を渉猟し、発掘し、常に公正なる立場を貫いて書誌とし、大方の絶讃を博して今日に及ぶが、その源は、散華された世代への熱き思い入れであり、同時に、その記録を誌して平和の礎とし、後世に伝えんとするにある。

小社の出版物は、戦記、伝記、文学、エッセイ、写真集、その他、すでに一、〇〇〇点を越え、加えて戦後五〇年になんなんとするを契機として、「光人社NF（ノンフィクション）文庫」を創刊して、読者諸賢の熱烈要望におこたえする次第である。人生のバイブルとして、心弱きときの活性の糧《かて》として、散華の世代からの感動の肉声に、あなたもぜひ、耳を傾けて下さい。